层叠的印象

张斌 著

陕西新华出版

太白文艺出版社·西安

图书在版编目（CIP）数据

层叠的印象 / 张斌著. -- 西安：太白文艺出版社，
2023.5

ISBN 978-7-5513-2381-9

Ⅰ.①层… Ⅱ.①张…Ⅲ.①散文集—中国—当代
Ⅳ.①I267

中国国家版本馆CIP数据核字（2023）第061099号

层叠的印象

CENGDIE DE YINXIANG

作　　者	张　斌
责任编辑	姜　楠
封面设计	阮　强
版式设计	马　娟
出版发行	太白文艺出版社
经　　销	新华书店
印　　刷	安康市汉滨区文化印务公司
开　　本	787mm×1092mm　1/16
字　　数	180千字
印　　张	13.125
版　　次	2023年5月第1版
印　　次	2023年5月第1次印刷
书　　号	ISBN 978-7-5513-2381-9
定　　价	58.00元

如有印装质量问题，可寄出版社印制部调换
联系电话：029-81206800
出版社地址：西安市曲江新区登高路1388号（邮编：710061）
营销中心电话：029-87277748　029-87217872

自序

给自己的散文集写个序，本以为是一件很轻松的事。我对于序这种文体，有过专门的学习。给别人写序，都是信手拈来，倚马可待；写出的序，大多好评如潮。自己的作品是和着自己的呼吸写出来的，再熟悉不过了，写序应该很容易吧？但真正写起来才知道这是一件很艰辛的事。看着这一篇篇凝聚了自己心血的作品，千言万语不知从何说起，真的是"执手相看泪眼，竟无语凝噎"。

我虽然中学时期就发表过作品，可真正意义上的写作是四十岁以后，算是半路出家的门外汉。我很害怕别人称我为作家，于文学而言，我虽登堂，却未入室。选择写作，是在我人生的低谷，做生意血本无归，生活非常艰难的时候。一个人从有钱变得没钱，从车水马龙到门前冷落鞍马稀，不免寂寞难耐。寂寞的时候便写起了文章，那大抵是寻找精神的慰藉，甚至可以说是写着消遣，既打发寂寞的时光，也寻求自我安慰。后来，想起投稿，用发表文章证明自己的价值吧。说起来运气真是很好，写一篇就能发一篇，发得多了也就上了道，后来又出版两部散文集，总算摸到了文学的庙门。

能够写出这些文章，应该感恩我小学和中学的语文老师，几乎所有教过我的语文老师都非常看好我、包容我，他们给我很多课堂之外的教育。初中的潘泽贵老师要求我写日记，我两年多时间写了厚厚的几大本。这为我后来的写作，打下了坚实的基础。高中最后一任语文老师是校长王耕田，他外表看起来非常严厉，可在他的课堂上，我可以毫无顾忌地看小说，不听课。他布置的作文，我几乎不写，每次交上去的都是我想写什么就写什么的文章。他从来没有批评过我，反而认真修改我交去的每一篇作文。我还有过一个特殊的经历，上高中前后，正好和县志办的编辑康绍高做邻居。我向他借了很多书，其中有唐宋八大家的散文集，特别是欧阳修和王安石的文集，给我留下了很深刻的印象。看古代的散文，原本是想用来学习和训练文言文的，读得很细，也很慢。基本上是一手拿着文言文词典，一手捧着这些古典散文，一字一句反复阅读，细心揣摩，意外的是不知不觉中受这些散文风格的影响。宋代散文明白晓畅、平易近人，而且取材广泛，只要是生活，似乎都能写进文章。后来，我也买过一些清人的小品文阅读，并试着写些身边的杂事，追求朴实和自然的写作风格。

摸到文学的庙门，自己不努力当然不行。我虽然算不上勤奋，但每有感悟就喜欢写一写，记一记，遇到一些事，也喜欢琢磨，往往也能发现一些美好或者丑陋的东西以及这些东西背后的根源。其实写作就是这样，身边事、小事、闲事、杂事，从这些事中感悟出一些道理能够指导自己，启发别人。朱自清先生讲："于每事每物，必要拆开来看，拆穿来看；无论锱铢之别，淄渑之辨，总要看出而后已，正如显微镜一样。这样可以辨出许多新异的滋味。"我就是这样做，也养成了这样思考的习惯。对身边发生的事，先用显微镜看，再用放大镜看，还要用望远镜望。然后再认真写出来，每天写一点，哪怕是三言两语，也是很惬意的事。正如我每天都要吸烟喝茶一样，成为一种习惯。而对于写文章，我更好的习惯是不写自己不喜欢写的，不写自己不熟悉的，更不写没有深刻感悟的，绝不无病呻吟。

收集在这本书里的文章，是我近五年写的自认为比较好的散文。这些文章都是"率性而为"，所谓"率性而为"，就是由着性子写文章，是追求真性情的写作。每一篇都是真实的故事，都有真实的感悟。我力求写出生活的丰富多彩，呈现生活的真善美，鞭打假丑恶。生活是万花筒，层层叠叠，这本书名也就定为《层叠的印象》吧。印象不同于印记，印记一旦层叠，就会面目全非，甚至被无情地埋葬。印象总是会深藏在记忆中，无论有多少印象层叠，都清新如故，时间会淡忘一些事，时间也会使一些往事更加清晰、温馨或者痛心疾首……

我的工作是写党史，修红色家谱。可能在很多人眼里，我是一个古板无趣的人，好像思想一正统，就少了七情六欲，就会六亲不认，就不可能有自由的思想感情。讲好中国故事，首先要讲好红色故事。同时，也要讲好生活中真善美的故事。本书所选的文章全部是生活化的写作，写的是小事、杂事，呈现的是一种生命的状态。事件或许是轻的，生命却有着异乎寻常的重量。文章描述可能简单，追问也可能很肤浅，但它写出了我的感悟，我的精神世界，我对于生活和生命的理解。

讲好中国故事，这话可能有点大。讲好自己的故事应该没有什么难处吧？亲身经历，耳闻目睹，那些曾经感动过自己，那些曾经鼓舞过自己，那些曾经深受启发的人和事。时光流转，往事被春水浸泡，夏雨暴淋，秋风吹拂，冬雪冷藏，早已洗去铅华，清绝明净。以为历经人生匆匆聚散，尝过尘世种种烟火，应该承担岁月带给我们的沧桑。可流年分明安然无恙，行人依旧匆匆忙忙于功名利禄，好像并没有几个人停下脚步如我这般，泡一杯绿茶，燃一支香烟，在烟雾弥漫中叩问远去的时光，寻找可以安放灵魂的场所。

一个喜欢思考的人是管不住自己的大脑的，他无时无刻不在思考。我就是这样的人，走在街上思考，忘记和熟人打个招呼，被误认为目中无人。一只手拿着垃圾袋去倒垃圾，另一只手千万不敢拿上礼品送人，因为陷入了思考，往往会把礼品扔了，把垃圾送给朋友。写作是一个苦活儿，叩问灵魂更是一个伤神的过程，世事迷乱，生活的丰富和繁杂更是层层叠叠，于是便有了层层叠叠的印象，有伤感，有快乐，也有痛彻心扉的感悟。

我虽然没有一副铁肩，可我的肩膀还结实，担不起"大义"，却扛得动"小义"，不管曾经许过地老天荒的誓言，是否在冰凉的世间化成了泡沫，也无论我曾经是否因善良遭遇过欺骗或欺凌，尽管世间还有无数的凉薄，我会在薄情的世间深情寻觅那些温暖我们的故事。

如果《层叠的印象》中有您的身影，那就让我们一起歌唱吧！

目录

怀 想

屐 痕

行 走

序 跋

后记

怀想

时光消弭不去，岁月无法侵蚀，那些珍藏的记忆，只有在月光婆娑的夜晚，一如从前美丽动人……

秋 月

　　我一直在寻觅那一轮秋月，那一轮四十多年前挂在和什托洛盖镇天空中的秋月。月是故乡明，是一种心情，或者是一种怀念，更多的时候似乎成了一种憧憬。四十多个春花秋月，似乎没有哪一轮秋月能和那一轮秋月媲美，冰清、皎洁，月色如水，一泻千里，笼罩着空旷的戈壁，点缀星空的静谧，又使我感到无限的温馨。

　　离疆四十年，一直生活在大巴山区，所见的秋月，无非夜色中群山的点缀。山中的明月，无论多么圆，似乎总是被群山托起的，似乎总是可以伸手摘下来，离得近了，就不再有神圣的感觉。虽然常常有"明月松间照，清泉石上流"的幽静，可少了高远和神秘。戈壁滩的月亮，几乎不见它动一下身子，好像是挂在一望无际的夜空中心，显得清辉、透亮。即使星光灿烂，即使彩云追月，也丝毫少不了对月亮那冰清玉洁的感怀。

　　想念那一轮秋月和一个人有关，我的一位小学同学，她有一个和月亮有关的名字——杨秋月。四十年过去了，我已记不清她的模样，可一些往事却活跃在我的心中，每每在秋天，明月清风袭上心头，我孤单的身影就不再寂寞，心中泛起诗一般的意境……

　　秋月是一个能歌善舞的女孩，那时候，乡村学校里没有录音机，更没有VCD，只有一对破旧的话筒。秋月就成了活跃校园生活的台柱子。她会唱很多歌，最拿手的是那首《唱支山歌给党听》，这也是她唱得最多的一首。那时候，一到课间，校园里便飘荡着她的歌声，圆润、嘹亮而委婉，是清唱，没有伴奏，却是我人生中听到的最初最纯朴的音乐。

　　我和秋月关系很好，八九岁的我们很懵懂，用好奇的眼光打量着朦胧的世界，心灵有时就这样幼稚地碰撞。这也是我在多年后一段青梅竹马的回忆。我们在课间一起做游戏，一起唱歌跳舞，唱着跳着就是一学期又一学期。快毕业的时候，我们玩得更疯，有时放学都不愿意回家。

　　一次，我们在教室里跳舞，秋月跳维吾尔族舞，跳着跳着，她手搭着额头前，眼望着向我舞来，继而做了个邀请的姿势，便将我拖进舞场。我在一片笑声中手足无措，却很快乐，这是我第一次被女孩子青睐，多少有些受宠若惊。后来几个调皮的男生突发奇想，学着电影《保密局的枪声》里跳交谊舞的样子，强行拖着女生跳交谊舞，教室立刻乱了，女生们吓得尖叫，四处逃窜……我在热烈的气氛中晕了头，强拉着秋月跳交谊舞……那个时候，我们只是疯，只是闹，丝毫没有任何杂念……班长报告给老师，老师立刻来制止。女生是被迫的，她们没有错，男生就惨了，一个个交代，交代自己抱了哪个女生！我坦白了，却没有得到从宽处理。老师对秋月说："你回家找你父母到他们家，找他家长……"这对我是极其严酷的刑罚，因为我父亲严厉得出了名，我恐怕是躲不过皮肉之苦了……

　　回到家里，我匆匆咽了几口饭，便跑到我回家的必经之路上等着，希望能够拦截他们。我坐在路边的石头上，焦急地等待。新疆的白昼特别长，我是六点多回家，等到十点多，太阳还赖在远处的雪山之顶，悠闲地散发着耀眼的余晖，似乎一点儿也不想离开，丝毫不顾及我的感受。我在秋蝉凄凉的鸣叫中默默地祈祷："千万别来啊！"

　　不知过了多久，月亮升起来了，在遥远的天地交会处，出现了一丝月影，开始是月牙，后来是半月，最后是一轮圆月。月亮升起得特别快，仿佛怕我等得太焦急，一会儿就挂在天空，灿烂的群星顿时便暗淡了许多。在无边无际的戈壁滩的映衬下，月亮是那样皎洁，那样的圆润，那样的温馨……

　　秋月没有来告状，我开心极了。那一晚，我看到了今生最美丽的一轮秋月。虽然北方的秋天已是寒风阵阵，然而我却感受到与天地交融的暖流，似乎杨秋月就是天上那一轮明月。她像秋月包容大地一样包容了我的过错，于是我便记住了那一晚的明月。

后来，我回到了老家陕西，四十多年过去了，我似乎再也没有见到过如那晚那样美丽的秋月，也再没有了杨秋月的音讯。听说我走之后，她也随父亲回了河南老家。和同学们说起她，大家都唏嘘不已……岁月流逝，记忆中总顽强地储存着一些美好的事物。虽然人生的聚散随姻缘流转，然而一些过去的人或事，不论隔了千山万水，还是过了几十个春夏秋冬，总是那样清晰，仿佛是昨天发生的，如同戈壁滩上的明月，明朗而圆润……童年是一个人的基肥，童年有很多的懵懂，也有很多的过失，然而只要是美好的记忆，往往是一种成长素，构成了一个人生命的质量。有这样一位发小，有这样一段往事，有这样一轮秋月，童年便精彩了许多。虽然人生聚散无常，我只能携一份真诚汇入岁月的河流，让心中珍惜之情氤氲成露，滋养心田，让生命中这颗记忆的种子在心中生根发芽，开花结果。

我其实不必去费心寻觅那一轮秋月，她曾经高挂在北方的夜空，成了我心中永恒的风景。有时想念比寻觅更让人陶醉，因为想念中不仅有那一轮美丽的秋月，还会有浮动在月光中的暗香，伴着清风弥漫在我的胸腔。在每个秋天的圆月下，当往事袭上心头，月光下每一寸土地都变得流光溢彩，每一树花都清香弥漫，这就足够了……

谁应该感恩谁

雪花飞舞，漫天遍野，似乎想把所有的山冈和树木都变得洁白。我站在阳台上欣赏雪景，呼吸着清新的空气。风很大，吹得让人发抖。蓦然，我的心中涌上一股刺痛，仿佛这雪花成了一根根纤细的针，扎在我的心头。往事袭上心头，浮现在我的眼前。也是这样的一个大雪天里，那一场雪没有这场雪大，但天气比此时此刻要冷得多。那一天正是四九天，到处冰天雪地，寒风刺骨。

那是一个早晨，我因为买了几十斤肉，准备送到乡下的亲戚家中烘烤，腌制成陕南特有的腊肉。我拦下一辆出租车，准备等上街卖菜的亲戚卖完菜好一起到他家。我等了很长时间，亲戚两口子才推着摩托车姗姗来迟，摩托车后座上载了台四十英寸的大屁股电视机，那是城里早已过时的那种电视机。亲戚一边道歉说让我久等了，一边解开捆绑电视机的绳索说："卖菜的时候，遇到了当年一起打工的朋友，朋友就住在城里，她硬拉着我们到她家，把这个电视送给我们。"

我说："你家里不是有四十英寸的超薄电视机吗？你要这么个锈得不行了的破电视干吗？"

亲戚笑着说："人家是好心，我不能不收呀！"

我说："你拿回去放哪儿啊？"

亲戚妻子说："放柴房里吧。总比拒绝人家好。"

他们说话的声音很小，似乎他们的朋友就在近处，像是怕朋友听到了，自己良心会不安。

我没再说什么，帮他们把电视机往车上搬，可这电视机又大又笨重，放在小车后座上盖不上车盖，想放在前面的座位上，根本挤不进车门。

这样的冰雪天里，我本想让他将摩托车寄存在城里，我们几个人坐出租车走，可这样大的一台电视机，让我们无可奈何。

亲戚让我们先走，他用摩托车把电视机拉回去。亲戚的老婆不放心，不让他骑摩托车，要和他一起推着摩托车走。我说："反正这是台没有用处的电视机，干脆扔了算了。"出租车司机苦笑着说："大街上是不允许扔的。扔也得拉到城外去。"我说："我们开车去城外等，让亲戚到了城外扔了算了。"亲戚说那样不好，让朋友知道了她会很难堪的。就这样，亲戚两口子推着摩托车，冒着风雪，向十几里外的家走去。

那一天，雪不是很大，但天气很冷，路面上结了很厚的冰。到亲戚家的路是山路，虽然是省道，但几乎全是上坡。我们的车开得很慢，其实也是不放心亲戚两口子。我看到他们艰难地推着摩托车，在冰天雪地里行走。亲戚也试图骑着摩托车走，可试了几次，车轮都打滑，连人带车几次滚到地上。然而，亲戚没有放弃，依然坚持着把这样一台破旧的电视机带回了家中。我明白，他不是单纯地把一台电视机带回了家，他是把一份厚重的人情带回了家。至少，他个人认为，这样的人情是很厚重的。他觉得应该珍惜，应该感恩，应该这样做。

后来，司机实在等不住他们，就先开车走了。我到他们家坐了很久，亲戚两口子才回来。他们很疲惫，手也擦破了皮。我看到他们将这台电视机小心翼翼地放进了柴房，总感觉哪里不对，但又不好说什么。

十几天后，我去取烘好的腊肉，亲戚托我帮他们把给那位送他们电视机的朋友烘的肉也一起带回城里，还给了我她的电话。我才知道，这位热情送亲戚电视机的朋友是一位女士，姓王。我认识她。她曾经和我的亲戚一同在外打工，后来嫁给一个煤矿的老板做了全职太太。前年，我和她曾一起帮助过贫困学生，她因为被帮助的学生家长没有在春节的时候打电话问候她，就说人家不知道感恩，从此拒绝参加助学活动。说实话，我一点儿也不喜欢她，但看在我这位亲戚的分上，还是接受了帮她带回腊肉的任务。我回到城里就打电话给她，请她来取肉，她毫不客气地要求我将腊肉送到她家楼下。我只好让出租车又拐上几个弯到她家楼下，她才漫不经心地下楼来取。我把肉给她，司机赞赏地说这肉烘得很不错。她仰着头高傲地说："烘肉的人很用心，我送了他们一台电视机。"我听了这话，真有些生气，就调侃地说：一台电视机啊，那多值钱，可以直接换回很多腊肉了。她的脸微微一红，嗫嚅地说："旧电视，只是农村还是很时兴的。他们人很好，知道感恩！"

我什么话也说不出来了。我知道，她根本没去过我亲戚家，她的肉恐怕也是我的亲戚用摩托车带回去烘的。面对这样感恩的要求，我的脸红了，一种近乎羞耻的感觉涌上心头。

亲戚接受了王女士的馈赠，不是他需要这台过时的电视机，可以说，这样的馈赠，对他是一种负担，额外的负担。然而，亲戚接受了，只是为了维护他朋友的面子，维护他们之间的情谊，甚至可以说维护了他们相互间的尊严。在一个物资并不匮乏的年代，给你了尊严，是不是更应该感恩呢？

雪依旧下着，越下越大，漫天飞舞，空气是清新的，而天气格外的寒冷。我站在阳台上观赏雪景，可我的思绪仿佛穿越了漫天飞舞的雪花，与雪花一起飞舞，而我的情绪又如同寒风一般肆意乱窜，一种愤愤不平的火气在我的胸膛中燃烧。感恩，是一个多么美丽的词汇，然而感恩这个词又常常出现在不该出现的地方。施恩不图报，不也是中华民族的美德吗？我的耳边似乎响起了一个声音：

谁更应该感恩谁？

老徐帮我修志

编撰部门志，自然比编撰县志难度小。最大的困难其实不是业务上的困难，而是与部门一把手、部门档案管理人员的合作上。如果一把手不好合作，很难修出好志。好在我们所要编撰的《紫阳县人大志》的编撰委员会主任，是县人大一把手张教志。他是我的老师，是一位学者型的领导，重视修志，也容易相处，这一点编辑们都很放心。编辑们担心县人大机关档案室管理人员不好合作，工作起来不方便。听了他们的担忧，我就笑了，对他们说："这两个工作人员，一个是老钱，我多年的邻居；而另一位老徐，是我初中到高中的同学。我们是那种勾肩搭背的朋友，你们说好不好合作？"说实话，到这个部门去修志，我简直可以说得上是如鱼得水了。

果然，当我们的编辑人员入驻县人大机关后，查找档案非常方便。不管节假日还是下班以后，两位档案管理人员都能第一时间提供方便快捷的服务。老徐同学更是全力以赴，有时候还帮我们把可能需要用的档案，整撺整撺搬到我们编辑部来。有一次我要查询一个档案，到档案室没找到他，隔壁办公室的同志说他才出去十多分钟，我给他打电话，问他还过不过来，结果没过十分钟，他就满头大汗、气喘吁吁地跑了回来。我说："我不是给你讲了，你先办你的事情，事情办完了我再查。"他说："不行，要优先保证你们的需要！张主任说要全力以赴地配合和支持你们修志！"这就是老徐，只要工作需要，他可以放下自己的事，不怕酷暑、不顾一切……

当然他对我的帮助不仅仅是这些，这只是工作上的配合和支持。老徐有一种独特的禀赋，就是有很好的记忆力。他能够记得住多年前的事，对本地的一些人和事如数家珍。比如过去三十多年了，他记得清我们初中时同班每个同学的名字，他甚至说得清楚谁和谁是同桌，谁的父母当时在哪儿工作。这种超常的记忆力其实是史志工作者的禀赋。他土生土长在紫阳县，又在县人大工作十三年，许多事都记得清清楚楚，能给我们提供一些特殊的帮助。

有一次他看到我们《紫阳县人大志》初稿上的代表名单说："你看你们这个'第六届城关镇县代表周春廷、第八届城关镇县代表周春婷、第九届城关镇县代表周春庭'，应该是错的，这可能是同一个人的名字写了不同的字。这人应该是周春庭，是个管放自来水的，就住在我们家坎上。"后来查证确实是同一人，他的名字正确的写法是周春庭。编辑们是抄原始档案，责任当然是当年的工作人员不够认真。可是，我们既然遇到了，当然要考证清楚，以免以讹传讹。

由于历史时间跨度大，类似的错误很多，我们现在都不容易搞清楚，若干年后的人更不清楚了。我们必须重新核对历届代表名单，发现疑似同一人而名字写法不同的，要一一更正！这就是这件事过后，我们做出的决定，只有这样才能真正提高志书的质量。

后来和他谈起这件事，他说过去有很多这样的现象。比如，总是把曲辅勤的"勤"字写成双王那个"琴"，成了曲辅琴。我当时脑子里灵光一现，感觉我们志书里也写的是"曲辅琴"，顿时心里忐忑不安。急忙回去一查，果然写错了。她的名字总共出现五十九次，错误也多达五十九处！曲辅勤是人大老干部，和我家邻居多年，可以说是看着我长大的，我喊了多年曲姨，竟然把她的名字写错了。何况曲姨去年才过世，我真正对不起逝者。如果没有发现，不及时更正，印刷成书，那会让我寝食难安、愧疚一生的。

当然，老徐对我的帮助绝不止这些。有一次我们查紫阳县第十六届人民代表大会第三次会议曾补选一名市人大代表，但是没有名单，查了很多次档案，几乎把档案重新翻了一遍，也没有找到这个名单。问代工委的同志，代工委的同志帮忙找了很久也没有找到，他们也很着急。过了一个星期左右，老徐抱着一大摞资料到我们编辑部，说这是在车库的角落里发现的，正好有紫阳县十六届人大三次会议补选的一名市人大代表袁泽强。翻开这一摞资料，才发现这正是缺少的那部分会议资料。我突然明白了，紫阳县十六届人大三次会议是十年前开的，可能是当时的工作人员，因为某种急事，匆忙把这摞资料放到车库的一个角落就忙别的事去了，让这摞材料在车库里静静沉睡了十年。它们没有进入档案室，我们自然翻不到这个材料，也无法确定到底是谁当选市人大代表。这个发现，无疑帮了我们很大的忙。如果没有这些资料，我们只好到市上去查。因为当年当选的这位代表是在市人民银行工作，是紫阳选区选出的代表，不是紫阳当地人，就算找到代表名单，我们也无法确认。志书如果在这里断线，会成为一种缺憾。

这件事对我挺震撼的，好像贾平凹曾表达过这样一种思想，一个人做一件事情久了，做得用心了，做得专注了，什么事都能办到，就好像鬼上身一样，又好像神都在帮助他。像这样十年前遗失的档案他都能找出来，可见他对档案这份工作是多么执着，多么认真，多么细心，对我们修志多么支持。我庆幸有这样一位同学，和这样一位有独特禀赋的人成为朋友，真是人生一大幸事。

老徐，名全胜，当过工人、司机、档案管理员，为《紫阳县人大志》的编撰做出过特殊贡献。

微信上的温馨

我刷微信功能最多的不是朋友圈，也不是微信群，而是微信运动。

或许有人要惊讶，不就是一种计步的小程序吗？查一查自己每天走了多少步，看一看微信上朋友们一天的运动量有多大，点个赞，或者比赛一下，争一争名次，最好能夺个第一，上一上封面，找点儿小小的满足感嘛！这样一种小儿科的游戏，时间长了不感觉无聊吗？

看起来，这种玩法很简单，单调又枯燥，然而如果看出了门道，读出了感情，就有点难以割舍了：与别人抢夺封面，争取排名不一样。我这个年龄，早已不再争强好胜了。人到五十知天命，顺其自然比什么都重要。何况我的微信好友里，有三四位导游、五六个跑保险的、七八个驻村扶贫的第一书记，还有一两位退了休无所事事，整天在街上转悠的，这些人每天走几万步，是家常便饭。运动是他们的工作状态，也是他们的生活状态，跟他们比排名，那真的有些自不量力了。我除了给他们点赞，哪里还有什么比赛一下的勇气呢？

我刷微信运动，看看自己每天走了多少步，达标没有。我给自己定的标准是一天不少于一万步。这个标准不高，几个月下来，基本上能够达标，我也就心满意足了。至于排名，一般都在五十名之后。上封面只有一次，那次因为我加班，次日零点后才回家。这个时候别人都睡了，新的一天我走了1559步，成了第一名，我的头像很自然就上了封面。我有一种受宠若惊的喜悦，欣赏着用自己照片制成的头像，似乎不是在看手机，而是在欣赏一本杂志的封面。然而，一觉醒来，却发现又被别人超过了，远远地被甩到了几十名之后。

其实，我对于自己每天走多少步并不十分在意。我最在意的是每天看看我女儿走了多少步。

女儿在湖北上大学，离家千里之外，平时又忙于学习，很少打电话回来。在微信运动上看女儿走了多少步，就仿佛看到她本人一样，感到亲切、温馨。学生的生活简单而又有规律，每天无非教室、宿舍、操场、图书馆，偶尔上街购买生活用品。时间长了，也就从微信运动上读出了她的生活规律。比如，她打电话时说要去图书馆了，放下电话，过一会儿我再看微信运动，那上面显示一千五百步左右。于是，每当看到这样的步数，我眼前就浮现出她夹着本子，漫步校园，向图书馆走去的情景。

有几天晚上，我看到她的步数总是猛增到一万多步，心里就有点不安了。打电话告诫她晚上不要多出门，她回答说在操场上跑步。于是，每天晚上，我看到她的计步显示猛增几千步，就仿佛看到她满头大汗、气喘吁吁地围着操场跑步的情景。

有时，到了中午十二点，她的微信计步还是零步，我就知道这一天早上准没课，这孩子在睡懒觉呢！就立刻打电话叫她起来，叮嘱她不要耽误了吃饭。如果她说吃了，我就会批评她，因为这一定又是同学给帮忙打的饭。

微信运动，成了我和女儿联系的一种纽带。每当我点开微信运动，就有一种温暖从心底涌出，如同在数九寒冬喝了一碗热汤，美好而惬意。

虽然我不争排名，但也会注意排名，给一些朋友点赞，早上点开微信运动，看到前十名，或者前二十名的，只要上了一万步的，我就点赞。那一颗又一颗的红心，似乎闪耀着光芒，传播着我的真诚。下午或者晚间，我有空了也会给那些排名赶超到前面的朋友点赞，这是一种由衷的称赞。礼尚往来，他们也会给我点赞，热情地鼓励我，催我向前。于是，友情也就不知不觉地在相互点赞中产生了。

感谢有这样一个小程序，这样一种计步数据库，感谢手机和微信，现代科技带给人们的不仅仅是方便快捷，还有浓浓的亲情、友情，把我们的生活融化在指尖。这一份温馨真是别有风味啊！

奶茶随着岁月飘香

久住南方，常常会怀念新疆，怀念新疆辽阔的戈壁，白雪皑皑的山峰，怀念骏马奔驰在草原上那种风驰电掣的感觉……每当我怀念新疆的时候，总感觉空气中飘荡着奶茶的清香扑鼻而来，丝滑而醇厚……那种缥缥缈缈、朦朦胧胧、余香袅袅……若有若无的清香，在我的心灵深处荡漾起美丽的涟漪，使我空虚的心和饥饿的肠胃，感到充实而饱满……

我出生在新疆的和布克赛尔城，是喝着那里的奶茶长大的。可以说奶茶早就溶入了我的骨血。我的筋肉因此而强健，我的性格也如蒙古族牧民一般豪爽而热情。

少年时代，我不仅爱喝奶茶，还学会了烧奶茶。早上，家里人还在梦中，我就早早起床，通开火炉，摇着那种老式的手摇鼓风机，先烧开水，然后将砖茶打碎一小块，放进开水中煮上一会儿，再加点盐，然后将鲜牛奶倒入，当奶和茶水混合在一起，奶汁会慢慢地变成淡淡的咖啡色。一旦煮沸，奶茶的清香就弥漫开来，屋里屋外顿时清香缭绕……我总是要喝上两大碗，吃一块饼子，然后背上书包去上学。奶茶是我固定的早点，也成了少年时代最亲切的记忆。

当然，我烧的奶茶是比较简单、比较粗糙的。我曾到一位哈萨克牧民家里做客，看到过他们制作奶茶的那种精细。他们是单独烧开水，然后煎熬砖茶，用滚沸的砖茶冲开一碗鲜奶，兑上奶皮子，加上盐，淡褐色的奶茶，酽酽的，氤氲着，闪耀着油光，让人忍不住想尝一口，特别是看到热气腾腾的砖茶水冲向鲜奶，顿时清香扑鼻，茶碗也仿佛"咝哟"地歌唱，抿上一小口，咸咸甜甜，丝丝滑滑，热乎乎的奶茶从喉咙一直流到了心里；再喝上一大口，只觉世间只剩下绿草、蓝天、白云与成群的牛羊。

那一次，喝下一碗奶茶，仿佛喝下草原的日月精华。很多年后，每当想起来，心中就泛出无限温暖，充满了诗情画意。从此，我便学着烧各种各样的奶茶，品尝不同民族烧制的奶茶，享受和布克草原上独特的奶茶文化……我喝着这里的奶茶长大，奶茶的醇香成为一种感情的牵挂，无论我身在何方，奶茶的醇香仿佛是一根绳索，紧紧地牵着我，故乡也紧紧地拴在心灵的深处。

长大后，我回到了老家，很多年没有喝过新疆的奶茶。虽然老家的早点品种繁多，五花八门，但总吃不出草原的味道。偶尔，也能买到一杯台湾珍珠奶茶，但我感觉那不是奶茶，喝不出奶味茶味，品不出"蓝蓝的天上白云飘，白云下面马儿跑"的草原意境。

和新疆朋友说起这种遗憾，朋友笑说："想喝奶茶，容易啊，你那里能买到纯牛奶啊，我给你寄点砖茶，你同样可以烧奶茶喝啊！"就这样，我开始了另一种喝奶茶的生活。感谢商品大流通，我在五千里之外的地方，用少年时代学会的烧奶茶的方式，烧出了纯新疆味道的奶茶。开始只有我一个人喝，女儿偶尔喝一次，却像喝豆浆那样放糖，用小汤勺搅拌着喝，这种地域文化的差异让我哭笑不得！后来，女儿也学着我的样子大碗喝着奶茶，似乎是奶茶让她变得豪气迸发。再后来，很多朋友也来我家品尝奶茶，赞美这纯新疆味道的奶茶。数十年来，我就是这样喝着奶茶，让奶茶抚慰我的精神和身体。于是，奶茶随着时光流转，在岁月漫步中飘香，奶茶文化也让我发扬光大。

如今，早上起床，烧一壶奶茶，在茶香缭绕中回忆，在回忆中品尝，在品尝中咂味，咂得多了，乡愁便融化其中，我的心也仿佛飞回到了新疆，回到了和布克草原，心胸也变得如新疆那高远的天空一样辽阔了……

酸味辣味酸辣味

陕西安康人喜食酸味，安康浆水面成为当地名小吃。而四川人喜食辣味，四川的火锅不用说，连四川女人都被称为辣妹。我是安康人，可我住在安康最南邻近四川的地方。这地方可能是在喜食酸味到喜食辣味的过渡带上。我既爱吃酸，也爱吃辣，我对酸辣之味情有独钟。

说来也怪，我们当地有一种泡菜，被称为酸菜，集酸辣于一身。这种酸菜，几乎家家户户都能手工制作。这些在坛坛罐罐里用盐水和香料浸泡过的蔬菜，非常地清脆、醇厚，有嚼劲，酸得让人掉牙，辣得让人掉泪，而且制作简单，食用起来也非常方便。

我从记事起，就和这酸辣有着不解之缘。我家的酸菜坛子里放有大量的辣椒，所以无论再放进什么菜都有浓烈的辣味。酸辣的味道，也许是世间最平淡无奇的，可我吃起来津津有味，说起来也是津津乐道。我一直认为酸辣之味乃是人间最难得的美味。在物资匮乏的年代，酸辣的泡菜总是特别引人关注，即使不吃饭的时候，有时也偷偷捞一些出来细细品尝，如同现在孩子们吃那些五颜六色的小食品。说实话，当时的感觉说有多幸福就有多幸福！

炒菜的时候，我会把酸菜切成丁或者丝，配以不同的蔬菜，或者肉类，或者杂碎，所炒成的菜肴立刻有了不同的色、香、味，这时候真的感觉清爽无比，仿佛站在挂满累累果实的树下，突然吹来了一阵和风。

外出旅行的时候，我也不会忘记带上一瓶酸菜。坐在奔驰的列车上，无论是买列车上的饭菜，还是吃自家的干粮，我总会打开那酸辣的瓶子安静地咀嚼，一面还要细细地品赏窗外跑过的绿色原野和连绵起伏的群山。这个时候，品尝酸辣仿佛品尝了整个世界，那种幸福的滋味简直不能用语言来形容了。

偶尔我会回忆青年时期的生活，那时我在一个偏远的乡政府工作，离家很远，没有酸菜坛子。吃不到酸辣之味，只好退而求其次，找那些酸溜溜的半成熟的李子或橘子，没事的时候就吃上几口。即使让别人调侃是不是怀孕了，也毫不在意。我也经常买些青辣子，晚上饿了简单切几个辣椒，撒上盐，倒点醋拌一拌，也不需要油炒，一盘自己制作的凉拌辣椒就成了，下一碗面，或煮一袋方便面，便美滋滋地享用起来。在我眼里，酸味、辣味、酸辣味都是上苍赐予我们的美味，珍爱无比。

不过，现在很难找出如我这样简朴的人，一盘酸菜、几块馍或者一盘酸菜、一碗面就能将就一顿。前不久，我的一位中学同学向别人介绍我说，这个人生活不讲究，一盘酸菜就行了，不过他特别强调要坛子里的酸菜；没有酸菜的时候，切几个青辣子，放点盐和醋，下一碗面也能将就一顿。更有甚者，我独自小酌的时候，也是用酸菜来下酒。几块酸萝卜，三杯两盏淡酒，逍遥如神仙。喝苞谷酒如此，喝茅台、五粮液也是这样。有人说我糟蹋了好酒，似乎好酒只能在宴会上享用，而我偏偏喜欢在简朴中享受美味。

苏东坡有诗："蓼茸蒿笋试春盘，人间有味是清欢。"在诗人眼里，吃野菜这种平凡的清欢，才使人间更有滋味，才会有一种很特别的清淡的欢愉。这种清淡的欢愉不是来自别处，是来自对平静疏淡的俭朴生活的一种热爱。

每个人的生活经历不同，所展现的人生态度和生活观念也就全然不同。我认为酸辣的泡菜是世间的美味，也就喜欢拿出来和朋友分享，从来不认为这是多么的土气。朋友中有喜欢的，那正好"臭味相投"，几个酸辣椒，或者几根酸蒜薹，或者几个酸萝卜也能一起整两杯酒，简简单单、舒舒服服……朋友中有不喜欢的，害怕酸掉了牙、辣出了泪的，那我也不在意，多加两个朋友喜欢的菜肴，自己却少不了一盘酸辣的泡菜，无非独自享用而已。分享有分享的乐趣，独享有独享的妙处……

说到分享，生活中总有很多人自觉不自觉地画地为牢，以为与朋友分享的应该是香的、甜的，应该是那些高大上的东西。比如动辄数百上千的酒宴，其实有时一盘酸辣的泡菜也是极好的分享。《诗经》有云："中田有庐，疆场有瓜，是剥是菹，献之皇祖。"菹，指的就是酸菜，古人用来祭祖，与祖先分享，可见酸菜自古是受青睐的佳品。

多年前，我下海在外打拼，远离家乡，吃酸辣泡菜成了一件较为困难的事。偶尔捎来的泡菜，总是让我一两天内就分享或独享了。那时候，酸辣的味道常常让我在午夜梦回中流口水……偶然发现一位来自农村的小伙子总是一个人悄悄躲在人群之外吃着酸辣的泡菜，于是就不停地和他套近乎，目的就是去分享他的酸辣泡菜。开始的时候他总是躲避，害怕我嘲笑他的土气和贫穷，后来见我真心喜爱他的酸菜，我们就成了很好的朋友。

这件事已过去二十多年了，但我从中深深地体会到，人生的路上总是需要分享的。有时就因为世俗的观念让人们的分享变得异常艰难。可惜超越世俗的人很少，人生的酸辣乃至苦乐常常是独自去品尝。这如同我们的人生，独自咀嚼生活的酸甜苦辣，所触及的不过是自己的喜怒哀乐；找到可以分享的朋友，则可以让自己的胸怀变得广阔起来。

如同我和孩子一起吃饭，我看到她一面让酸辣的泡菜酸得直倒牙，辣得直掉泪，一面还拼命往自己的嘴里送这些她喜欢的酸辣之味，我总是感觉很快乐。父与女的分享总是让人心有戚戚，连孩子也足以品味，自己也成为一种风景。

品尝一盘酸辣的泡菜，也能浮想联翩，虽不惊天动地，却自有动人心弦的魅力，这或许更接近生活的本质，大有大的震撼，小有小的美妙。

戈壁滩上的炊烟

　　屈指数来，我已有八年没有踏上戈壁滩了。在两千多个日夜里，我常常会想念戈壁上的风景，特别是戈壁滩上的炊烟，那种青云直上的魅力，有几分"大漠孤烟直，长河落日圆"的意味，让我空虚的内心多了一些柔软，多了一些感动，也让我平庸的生活，多了一些诗情画意，还有系在炊烟上，从远方飘来的奶茶的味道。

　　我的童年，是在北疆小镇和什托洛盖度过的，这是一个位于准噶尔北部戈壁滩上的古镇。和什托洛盖是蒙古语，即两个包的意思。这两个包也就成了我童年的伙伴。我常常会站在小山之上，眺望远处的青山、白云，寻找那些和白云一样高的雄鹰。雄鹰只是偶尔飞来，在天空中盘旋。常见的是炊烟，无论春夏秋冬，炊烟总会天天升起，炊烟袅袅，是我最亲切最熟悉的风景。不是所有的时候，炊烟都会青云直上的，早晚时分，有风，风吹着它，变得弯弯曲曲，像一条曲曲折折的山路，自己扶着自己努力地向上攀登。

　　倘若行走在戈壁的深处，看到一缕炊烟，仿佛看到了希望。与远古蛮荒的戈壁滩相比，炊烟生动无比。它像大地抛向天空的情丝，又像是一首断断续续、缠绵悱恻的情歌。有炊烟的时候，天空变得更加明亮、高远；戈壁显得更加幽静、神秘，像一个痴情的汉子，沉浸在寂寞的思念之中。

　　我童年的和什托洛盖，已是一座规模不小的集镇，有机关、学校和厂矿。集镇保留着村庄的特色，有菜地、有果园，街道被绿树掩映着。家家户户有小院，小院的葡萄架下有悠闲的鸡鸭、或卧或立的牛羊、四处巡视的猎狗，特别是家家户户高耸的烟囱，几乎在同一时间冒出乳白色的炊烟。那缕缕炊烟争先恐后地飘向蓝天的情景，是我童年记忆里最为亲切、最为壮观的场面。

每当我们在小山上玩打仗的游戏，或者在小河里戏水，到了太阳隐去身影、霞光万丈的时刻，就会看到第一缕炊烟在眼前升起，接二连三地便有更多的炊烟，开始是青云直上，又相互呼应着，似乎想结伴而行，袅袅娜娜，转眼间，微风吹过，炊烟迅速地纠结在一起，热气腾腾地飘向蓝天，如仙女潇洒地舞动衣袖。紧接着，茶饭的香味便不客气地钻进了鼻孔，随风飘来的还有大人们呼唤孩子的声音。这是另一缕炊烟，是亲情的绳索，将忘记吃饭的孩子紧紧地牵回家中。有炊烟的地方就有宁静的生活，就有从精神到物质的满足。

20世纪80年代我到了陕南，在大巴山中的一座县城里，那里的灶膛是没有烟囱的，从此我开始了远离炊烟的生活。蜂窝煤、煤气灶，只见火苗，不见炊烟，甚至连火苗也不再显现的时代来临了。花费千元购置的抽油烟机，抽出的只是油烟。城里是没有真正的炊烟的，炊烟是泥土孕育的，是乡村的孪生姐妹。只有到了陕南的乡下，在群山环抱的山村里，从山下到山顶，那些错落有致的石板房，像一个个巨大的灶膛。清晨，第一声鸡叫，唤醒了酣睡的农夫，于是，炊烟从石板房瓦片上的空隙里升起，与晨曦共舞，在山间的迷雾中轻歌曼舞，四下徘徊。这让我又回想起"大漠孤烟直，长河落日圆"的戈壁沙滩和那些不同于陕南的炊烟。

2006年，我回到阔别二十多年的和什托洛盖。已是城镇的和什托洛盖，高楼大厦，车水马龙，人声鼎沸，让我眼花缭乱，找不到回家的路，城市的喧嚣里不再有炊烟的身影。儿时的伙伴把我接到了他离城镇十多里处的家中。我们畅饮整夜，追忆往事……第二天早上，我看到了院子里的牛羊，看到了戈壁滩上的灌木，看到了远山上喷薄而出的红日。我兴奋地奔向戈壁的深处，贪婪地呼吸着戈壁滩上的清爽空气。回首来处，我看到朋友家房顶上竖立的烟囱里升起了久违的炊烟，开始直上青云，微风过处，炊烟变成了行走的云，变幻莫测，飘浮在戈壁滩的上空。那袅袅娜娜的炊烟，顿时温暖了我，我竟情不自禁地往回走，有一种拥抱炊烟的冲动。回到朋友家，只见新鲜的奶茶和大块的羊肉，一餐丰盛而富有乡情的早餐已经在迎接我了。

不用细说我是怎样狼吞虎咽了那些奶茶和羊肉。我在这里实实在在过了一把回乡的瘾。朋友在商界打拼多年，完全有能力在城里买一套豪华的住宅，却为什么一定要把房屋修在戈壁滩上？看起来很土的房屋里，现代化的电器一样不少，茫茫戈壁滩上还有他成群的牛羊。他守住了传统，也分享了现代化的生活。我内心十分感激他，不仅因为他的盛情款待，更因为他留住了温柔安静的炊烟，留住了美丽的乡愁。

我离开和什托洛盖的时候已是下午，当一幢幢楼房被风驰电掣甩出了我的视野，汽车又驶向了辽阔的戈壁滩，当寂寞再次袭上心头，远处一缕炊烟升起，在落日的余晖里飘荡，仿佛是故乡伸出手臂，紧紧地拉住我。

我突然明白了，炊烟，是戈壁滩上最顽强的生命。炊烟本应该就是一种扎根戈壁滩的植物，四季繁衍、生生不息！

我更加明白了，炊烟，是离家最近的一条路，它总是萦绕在我的心头。有了炊烟，我的乡愁总会绿意葱茏、生机盎然，我的灵魂便有了归宿。

厨房变迁史

改革开放初，我家六口人挤在县委机关小楼第三层的一间不到二十平方米的小屋里。那时候，家里没有厨房，是在楼道里做饭。屋门外窗户下面是一个四方形状的木框架里修起的砖瓦火炉，之所以用木框架是为了方便搬运。这种火炉烧石炭，火力小，发热量也不高，勉强煮个饭、烧个开水，炒菜似乎不是炒熟的，而是靠时间熬熟的。火小的时候，要用扇子拼命扇，火大的时候要搁个铁圈子把锅放高点。更要命的是，石炭没有地方堆，只好堆在楼下的角落里。用的时候，在楼下把大炭砸碎，需要多少就用簸箕装多少上楼。如果火炉熄了，就得用柴引燃石炭，于是，满楼就立刻乌烟瘴气，隔壁邻居都不得安宁。靠炉子的窗台上，可以放油盐酱醋等调味品，再在墙壁上钉几颗钉子，挂上菜刀、锅铲、菜板……一间厨房就这样形成了。没地方切菜，就把菜板拿到屋里的书桌上切，做一次饭就得楼上楼下、屋里屋外地跑。这便是我少年时代对于厨房的印象。

20世纪80年代中期，我们家搬到一处平房，居住的面积大了，却依然没有厨房。好在这是一排房子的最外间，紧挨着的是家属院的院墙，借助屋子的外墙和院墙，在亲友的帮助下，我们找了一些砖瓦，盖起一间简易的厨房。虽然低矮，面积不大，但修起了炉灶、菜案子，案子下面可以堆炭，墙壁上也安上了碗柜，做饭终于不用进进出出、跑上跑下了。那个时候，我们这样一个偏远的山区小县城，虽然吃上了自来水，可没有通到每户人家，洗菜挑水都要到家属院的大水池去。供水的地方离厨房有三十多米，挑水又成了老大难。厨房里烧的依然是石炭，每天都要跑很远的路倒掉炭渣子。好在有了电动的鼓风机，炒菜的时候，如果火小，也不必专门有人扇扇子。这个时候，小县城开始流行蜂窝煤。好的蜂窝煤可以燃烧很高的明火，炒菜也快了很多，算是比过去方便快捷了很多。

20世纪90年代后期，父亲的单位开始集资建房。平房被推倒了，一幢高大的楼房拔地而起。新建的楼房里有客厅、餐厅、卧室、厨房和卫生间。住房面积大了，厨房也有了独立的空间，而且自来水也到了户，不用为挑水做饭犯愁了。条件好了，人们已不再满足住得宽敞，还追求住得舒适。小县城兴起了装修热，厨房更是装饰一新：洁白的灶台，洁白的案子，就连水池子也是用洁白的瓷砖装饰着。炉灶也发生了革命性变化，不仅石炭远离了人们的生活，就连蜂窝煤也悄然"下岗"，退出了历史舞台。煤气灶昂然走进厨房，巨大的火苗让我们的生活更加方便快捷、美好安闲……从前没有听说过的抽油烟机、换气扇嗡嗡作响，将油烟排出得干干净净。冰箱也配备在厨房里，即使烈日炎炎也能喝上一杯冰镇啤酒、吃上一牙凉透了的西瓜。厨房成了最令人向往的地方……那个时候，虽然也有电炉子，但没有人敢用，因为电线老旧，电压也不稳，偶尔一用，就可能引起短路跳闸，让邻居们意见纷纷。

从20世纪90年代后期，县上大力发展水电，还联通了国家电网，改造了线路，并鼓励居民用电。电磁炉、电饭锅开始普及。慢慢地我们不再满足于传统的明火烹饪，微波炉、电蒸箱、电烤箱、煮蛋器、煎饼机等走进了厨房，走进了我们的生活。这些丰富的电器，令我们的生活品质飞升。生活越来越方便，越来越美好，越来越幸福……

20世纪90年代以后，住房进入商品化时代，我们兄弟姊妹陆续成家，买了房子，房子不仅宽敞漂亮，而且厨房也特别大，基本上实现了电器化，没有谁为厨房拥挤而烦恼，也没有谁因为搬运石炭、蜂窝煤，或清理炭渣、蜂窝煤渣而发愁。至于用水，不仅是自来水，更是因为有了太阳能热水器，二十四小时里都有热水，洗手、洗碗都更加方便。厨房成了家人活动的中心，人少的时候基本上都是在厨房里吃饭，因为这里离吃的东西最近，也最方便，好像厨房更有家的味道，成了最有幸福感的地方。

其实，不仅我家的厨房有这样的变迁史，几乎所有经历了改革开放的人，家里的厨房都有着和我家厨房大致相同的变迁史。我家厨房的变迁史，只是千家万户厨房变迁史的一个缩影。它见证了社会发展的轨迹，见证了一段历史，是一代人的集体记忆，折射的则是一个伟大时代的巨大进步。

北疆的老屋

一

我在新疆读小学的时候，看到课本插图里面房屋的屋顶都是斜坡面的，中间高，两边低，像一个人戴了顶帽子，感觉很新鲜。那时候，我家住工厂的家属区，房屋都是平房，一排又一排，窗明几净，只是屋顶都是平的，可以在上面晒苞谷，也可以在上面舒舒服服地躺着晒太阳。比较一下，就多了些疑惑，多了些新鲜感，甚至多了些对外地的向往。

我回到陕南老家上中学，发现这里的房屋更有意思，无论屋顶盖的是石板还是泥瓦，就算盖着茅草，屋顶全都是斜坡的，从两边看，都是三角形的。还有一种屋顶只有一个大斜坡的，老家人称之为一坡水。住得久了，自然也明白了，南方雨水多，不这样修不行。而新疆干旱少雨，根本不需要考虑下雨了会怎么样。这应该算是地域差异吧。

近年来，我又迷上了古建筑，考察了很多陕南乡间的老宅。看到那些古宅子粉墙黛瓦，漂亮的飞檐，高大的马头墙，清水翘首的屋脊，不禁感叹先人们高超的技艺和过人的智慧，也情不自禁地想起北疆的老屋。相比之下，我所住过的老屋要简陋得多，似乎毫无艺术性可言。然而，不知道怎么回事，我却越来越怀念老屋。白天研究着南方的古建筑，夜晚入梦的却是新疆的老屋，影影绰绰，在广漠的戈壁上向我招手……

二

准确地讲，老屋其实不很老。它诞生的时间是可以考证出来的。新中国成立初期，我的父辈来到新疆，他们收起刀枪，拿起锄头，先是开挖地窝子，蜗居在地下，然后在戈壁滩上开荒造田，种上苞谷、麦子、棉花，把戈壁荒漠变成了绿洲。接着又开挖盐池，修筑公路和厂房，在绿洲上建起了盐厂。盐厂的效益好，统一为职工建起了家属房。这样就有了我的老屋，我人生蹒跚学步的地方。

老屋是什么时候修起的，我不知道，那时候我还没有出生。不过，自从我记事起，就记得生活在老屋里。老屋是我最初的记忆，是我人生起步的地方。老屋之于我，不是因为它的年代有多久，而是它给了我很多的温暖，我的整个童年就在这里度过。

最初老屋不是单家独院，而是一排房屋中的一家，有点像老电影里部队的营房。房屋是砖木结构，统一布局，每家都有客厅、厨房，前后都有玻璃窗，宽敞明亮。整个家属区都是这样的平房，一排又一排、整齐划一。可能是新疆面积太大了吧，每排房屋距离都很远，中间就像广场一样。这样的平房在当时是最好的，是住了很多年地窝子的父辈们梦寐以求的新居。

三

后来老屋变成单家独院，其实也有我的贡献。那个时候我八九岁，跟着大人一起打土坯、运土坯，一起砌墙。整天糊得像个泥巴人，又乐此不疲。有时，我还学着大人的样子用瓦刀砌砖。院墙不用砌得和屋顶一样高，隔出单独的院落就行。大门前方又修起了储藏室和羊圈，就围成了一个小院子。羊圈里养羊，院子里拴着一只狗、养着鸡，于是常常听到鸡鸣狗吠羊叫声，老屋就变成了农户的庭院了。同一排住了五户，都这样修院子，会不会争抢地界？不会，因为新疆的地方太大了，不仅房前可以修成小院，屋后也一样。往往是第一家人修前院，第二家人则在后面开个门，建后院。最令人叫绝的是我们左邻何家，他们开了后门，而不修院子。当我家的右舍和他的左邻修好了院子，这两家的院墙天然地构成了一个更大的院子，院子还包括了我家后面的空地。他们只把最前面修上几间储藏室和羊圈，就构成了一个相当于我们家两个大的院子。他们在大院子里开荒种地，一到夏天五颜六色，黄瓜、西红柿挂满枝头，令人垂涎三尺。从我家老屋的后窗望去，郁郁葱葱，一片生机。尤其是鲜红的西红柿，在北疆金色的阳光照耀中，分外娇艳，微风吹拂，摇摇欲坠，仿佛在呼唤。有一天，我忍不住诱惑，翻窗户跳了过去，摘了两个又翻回来，躲在储藏室里津津有味地吃了起来。等我吃完了，猛然发现我家的储藏室里有一大堆西红柿呢！

四

老屋的院落是有梯次的：羊圈矮小，很容易爬上院墙；院墙又较房屋矮小一尺多，也很容易上屋顶。看过电影《地道战》后，我们一群孩子经常爬上跳下，从我家的院墙上屋顶，又从邻居的院墙下去，就如电影里的民兵。有时，我们玩打仗游戏，手上拿着自己制造的长枪短枪，你追我赶，开心极了。在老屋的房顶上可跑、可跳，飞檐走壁根本不需要会武术。

更有趣的是，不仅人能上房，狗和羊也一样能上，特别是山羊，像一个精灵，不仅蹦蹦跳跳上到屋顶，还时不时地吵吵闹闹。也许山羊离开了山，就把房屋当成了山，一天不蹿上蹿下似乎就过不下去了，像有烟瘾的人，天天都要过过瘾。山羊天生就有攀岩的本事，爬一个屋顶就像跳过一个小沟，轻盈如燕，它一跳就上了羊圈，再跳又上了院墙，悠闲地走几步，就蹿上了屋顶。屋顶上有我们晒的萝卜干，还有其他的菜或者干草，它一上去，这些菜啊、草啊的就遭殃了。你赶走它了，也不能休息，必须守护着，否则一不留神，它又上去了，等你发现了，它又从别人家的院墙上跳了下去，让人又气又可笑！狗是不太喜欢爬高下低，除非屋顶上有了小偷，或者野猫野狗，它似乎忘记不了自己的责任，常常嚎叫着赶上去……我家的狗叫赛虎，是我童年的玩伴，我们蹿上蹿下玩打仗游戏的时候，它有时也会跟着上蹿下跳，虽然它不喜欢上房顶，看到我们快乐，它似乎也快乐多了。只有一样，这家伙挺放任它的朋友山羊，山羊上房顶，再干坏事它都不管不问。我也从来不责怪它，因为这是一只重情义的狗。我记得有一年，羊圈里养过一头猪，杀猪的时候，赛虎嚎叫着咬杀猪匠，我只好将它拴了起来……还有，它小时是和一只马鹿一起长大的，马鹿也是它的朋友。马鹿温驯，跑出去玩时，赛虎总会一路跟着，没有人敢欺负马鹿！后来，马鹿吃多了苜蓿，又喝了冷水，不幸夭折了，赛虎难过了很久，一个多月都怏怏地打不起精神……

三十年后，我回到这里，寻找老屋，很多人已不认识我，我告诉一位出租车司机我从前住的地方，以及当年的邻居，他竟大声叫了起来："你们家是不是养了一只马鹿，还有一只叫赛虎的狗?"那一瞬间，我的眼泪禁不住流了下来，没想到，时隔多年，还有人记得马鹿和我的赛虎。

五

老屋的院落和农家的院落没有什么两样，但室内却要豪华多了。那个年代还没有地板砖，没有地板条，不过热爱生活的人总是会想出办法来的。人们用红砖铺地，用泥沙填空隙，地面还能铺出各式花纹，美观大方。窗户也都是清一色的玻璃窗。在生活还十分困难的20世纪70年代，这很让人羡慕的。那个时候的家具都是请木匠打制的，五斗柜、床头柜、写字台……如果再有台"红灯牌"收音机，那就算得上小康之家了。

我想我的父辈们很满足，这样的住房比他们之前所住的地窝子好了无数倍。地窝子我没有住过，但我见过。记得有一次，十几个四川农民到这里来讨生活，当地政府帮他们落户在附近的生产队，有口粮，但没有住房。当地人就和他们一起开挖地窝子。我也就天天看他们挖地窝子。这些来新疆的人，他们在离我们不远的一处荒漠上，向下挖四四方方的坑，约有一间房子大小，当挖到半个多人高的时候，他们就不挖了，四处找些土坯垒起两尺来高，顶上放几根椽子，搭上树枝编成的筏子，再用草叶、泥巴盖顶，一间简易的地窝子就建成了。

我经常和他们一起在戈壁滩上晒太阳，一起谝闲传。他们对新疆的一切都十分好奇，常常向我这样一个小孩子请教新疆的风俗，或者少数民族简单的日常用语。不知道是恐惧地窝子阴暗，还是其他原因，我一次也没有下去过。他们聊起我们住的房屋，特别是小院子，总是称赞不已，那种向往的神态，虽然已隔了四十多年，至今仍历历在目……

六

和所有的农家小院一样，羊圈顶上堆积干草，院子角落里堆放干柴。新疆的冬天漫长、寒冷，煤是少不了的，只是怕风化了，存放在储藏室里。

夏天，院子的一角成了厨房，灶台边有一架手摇鼓风机。小时候我的任务就是做饭的时候摇动鼓风机。新疆的煤很有激情，肯燃烧，像干柴一样燃烧出亮堂堂的明火。有时，用煤面子压住了火，就需要摇动鼓风机，让煤灰也燃烧起来。我性子急，不停地伸头去望火膛，一次，刚一伸头过去，火苗"嗖"的一声蹿了出来，将我的头发烤成了卷毛……

冬天，厨房的灶台有烟囱连着暖墙，暖墙将温暖留在屋里，屋里像个温室。外面冰天雪地，寒风凛冽，零下二三十摄氏度是常有的事，而屋里只需要穿上秋衣秋裤。

下雪了，大雪把所有的房屋院落都掩盖了，天地一片白色，银装素裹……早上起来，第一件事就是扫雪，先扫出一条小道通往羊圈，给羊喂了干草和水，再接着扫院子，房上房下以及通往邻居家的小路……而这时，邻居也会向我这扫来，会合时，堆个雪人，打个雪仗，或你追我赶，欢声笑语顿时让阳光变得温暖。小鸟也会飞来凑个热闹，在刚刚扫出的院子里停下脚来，扇扇翅膀，悠闲地寻找孩子们丢下的零食，单调的天地立刻热闹起来。

老屋培养了我的勤劳，留下了我的欢声笑语……

七

虽然是单家独院，可院墙隔离不了人们之间友好的关系。大人小孩都热衷于串门子，还有的端着碗串门，自己碗里的菜吃完了，就干脆坐在别家的饭桌上了。父辈们爱喝酒，有时家里没酒了，来的人干脆放下碗跑回去提上酒瓶再来，非要热闹一下。

大人们常在院子里打麻将，不过那个时候没有人赌博，输了的钻桌子、贴胡子，孩子们多在旁边起哄。

那时候，小学生的作业不多，老师把住得近的几个学生编成一组，组成学习小组，一起写作业，一起复习。今天在这家小院里学习，明天在那家小院里学习，这样流动的学习小组一直保持到小学毕业。我至今清楚地记得一起学习的光景。新疆的下午很长，太阳到晚上九、十点才会落山。我们四五个小学生一起在小院子里写作业、复习，累了就一起跑到戈壁滩上游戏，或者干脆就在院子里跳绳、捉迷藏……院子里有过读书声、打闹声、欢笑声，老屋见证了我的成长。

八

后来我离开新疆，再也没有住过老屋那样的平顶砖房，再没有享受过单家独院的生活情趣，再没有养过狗、马鹿和山羊。然而，那些远去的时光、那些悠闲的生活常常进入我的梦境。如今，老屋早已变成想象、变成传说，新式的民居早已吞噬了老屋的踪迹。我徘徊在老屋的原址附近，找不到记忆重叠的地方。

我的新疆老屋，曾散发古朴的农牧情调，是农牧文化的载体。它曾是老一辈人奋斗的结晶，又是我们这些后代的摇篮……它可以被更漂亮的楼房替代，但不应该被遗忘，那是一个时代的见证，是一代人的集体记忆，是北疆人的美丽乡愁。

远去的围棋

长假有时候是很折磨人的。一个人枯坐在房中，当孤独袭来的时候，只能不停地摆弄电视的遥控。一个台换一个台……反反复复，寻寻觅觅，总找不到适合自己观赏的节目。偶尔看到讲围棋的节目，眼前一亮，想停下来看看，却又下意识地调换了频道。围棋是我的挚爱，我曾经是那样疯狂地迷恋着围棋，纹枰对弈，如醉如痴，伴随我度过了整个青少年时代。而今，似乎对围棋的感情依旧，可多年没有下过棋了，看到围棋竟然有一种被刺痛的感觉，手指中似乎还有黑白棋子的余温，可是对于围棋节目，就有些不忍目睹了。蓦然惊觉，围棋已离我非常遥远，是那样熟悉而陌生。

三十年前在安康财校读书时，同学中有人爱卜围棋，我也就受他们影响学会了围棋。从此下棋成了我业余生活中离不开的一部分，每天一放下饭碗，几个人就不约而同地围在桌边，摆开了棋盘。先到的两个人就捉对厮杀，19路的棋盘、361个交叉点上，你一颗黑子，他一颗白子，或包围对方的棋子，或将对方的棋子隔开绞杀。想包围的，或飞或断，猛烈进攻；想突围的，或跳或尖，闪转腾挪。双方使出了浑身解数，硝烟从叭、叭的落子声中升腾，一派肃然……有时大家吃完饭便蜂拥而至，可宿舍里只有一副棋，都争着下，就只好先来场"石头、剪子、布"的游戏，胜出的两人先下，输了棋自动让位。下棋的、观棋的，你扒着我的肩，我挤过你的头。有时，为一步棋该走在哪、不该走在哪争论得面红耳赤，却又不亦乐乎。虽然都知道"观棋不语真君子"，却没有一个人能够做到"真君子"，全都心甘情愿地当了"真小人"。

围棋是令人着迷的，看似简单却深藏奥妙的黑白世界里，每一颗子都深藏玄机，每颗子都像人一样以"气"而生，无"气"而终；看似行走无规矩，好像在棋盘上可以任意"落下"，无拘无束，真有些天马行空的潇洒。然而，下棋又必须符合棋理，不能任性，无理手多了，就会漏洞百出，结局也就可想而知。想要在围棋上笑傲江湖，确实需要有几分境界、几分斗志、几分真功夫。围棋的棋局像世界大战的全局，棋盘上任何一个角产生的风波都会波及整盘棋，局势更是变化多端，云谲波诡，令人惊叹。在围棋里，有金戈铁马、短兵相接的鏖战；有运筹帷幄、决胜千里的谋略；有陈尸原野、血流漂橹的决战后的悲壮；有红旗一卷、直插山峰的胜利喜悦。偶然走出一手妙棋，大家都在赞叹中陶醉，不慎走出一着臭棋，则一边扇着自己的脸蛋追悔莫及，一边听任对方和观棋者奚落……

最难忘的是在校园草坪上下棋。春天的阳光下，三三两两的同学，有的弹着吉他，有的打着扑克，有的捧着小说，也有女同学悠闲地织着毛衣，只有我们几个棋迷，或蹲，或坐，或卧，把草坪当桌椅，一边享受风轻云淡，一边沉迷于围棋的苦战中……春天的草坪上，阳光明媚，生机盎然，下棋的欲望更是强烈。为了满足更多人下棋的愿望，我们别出心裁，发明了四个人下围棋的方法。两对家为一方执黑，两对家为另一方执白，两个人下棋变成了两个阵营对弈。每人下一手棋，轮流着走棋，但队友之间不准相互讨论，也不准提示队友自己这一步棋的用意和目的。犯规者要停走一步棋。在围棋中少走一步棋就可能失了先手，就可能满盘皆输。于是，两人都不敢说话，各自猜测队友的用意，有时自己发现了"战机"，走一步棋诱敌，这时候多么渴望队友能够理解，立刻跟进……于是又抻长脖子充满期待。连观棋的人也屏住呼吸，期待着奇迹发生。

四个人下围棋，除了围棋本身变化多端、曲折离奇、难解难分外，又多了些等待，多了些焦灼，多了些希望；也多了些风险，多了些惊惧，多了些痛苦，多了些迷惘；更多了些配合默契带来的激动和欢乐……这使本来就充满魅力的围棋又平添了许多乐趣，更加令人沉迷陶醉了。

　　我喜欢围棋，除了围棋有着迷人的魅力之外，还和当时整个社会浓厚的围棋氛围有关。中日围棋擂台赛，是我们平日津津乐道的话题。聂卫平在擂台上战胜一个又一个日本围棋高手，让我们激动，令我们兴奋，使我们为他倾倒！三年擂台打下来，聂卫平九段创造了神奇的十一连胜，中方连赢了三阵，这样的围棋盛世，让我们对社会、对民族充满了信心。那个时代，几乎所有的青年学子都激情四溢，用热血编织青春的梦想。那个年代，有关围棋的图书也如雨后春笋般，随处可见。我们宁愿少吃一顿饭，也要省下钱来买围棋方面的图书刻苦钻研。有时，我们会照着图书打谱，研究定式、死活棋或者各式各样的布局……

　　有围棋的日子，根本不会感觉寂寞或者孤独无聊。即使节假日，宿舍里的同学都不在，一个人静静地打谱，陶醉在各种棋局的精彩技艺里，也是一种享受。我曾在一个周末，打了整整一夜吴清源和秀哉名人的那盘下了一年零六个月的名局。那些精妙的着法，比小说还要生动，比舞蹈还要精彩，比电视连续剧还要让人欲罢不能。

　　记不清哪一位围棋大师说过，一个人一旦迷上了围棋，终生都不会放下。我也一直坚信，自己会一生放不下围棋。然而，走出校门就很少再下围棋了，成家立业、工作繁忙固然是原因，柴米油盐固然也会耽误琴棋书画，却不会让我与围棋隔离。最主要的还是卜围棋的人少了，围棋热过去了。没有了20世纪80年代那种围棋的氛围，个人的兴趣和爱好终究抵不过功名利禄的诱惑，围棋离我自然也就越来越远了，远得在家里竟找不到一颗棋子。心里虽然时时牵挂着围棋，牵挂着曾经的同学，牵挂着那些真诚岁月，那些曾经有过的陶醉与迷恋，然而，现代社会的快节奏，总是排斥着围棋这一高雅、悠闲的活动。麻将热潮替代了围棋热潮。在浮躁的生活中，常常找不到可以下棋的人。有时，午夜梦回，校园草坪上的欢声笑语会响起在耳边，同学一起下棋的场面又重现在眼前。他们的每一个眼神、每一句话、每个举手落子的姿态都清晰如昨日……有时，老同学相逢，必然会提到围棋，感叹岁月流逝，流走了最美好的生活。

　　我十分怀念围棋，怀念那一段下围棋的日子，更怀念那个给我植入健康生命基因的青春岁月。那是我们这一代人集体的怀念，也是对一个时代最真切的记忆。可惜围棋这一健康的爱好和兴趣，这一中华民族最瑰丽的国宝终究还是远离了我，远离了我们……

笔墨不曾触及

　　我每年都会外出旅游一二十天，不是报旅游团跟团走，也不是放任自流一个人游荡，而是每到一处，就加入当地的散团，三五个人一群，共同游历三五天。因此，除了诗和远方外，留在我记忆深处的还有曾经共同走过一段旅程的朋友。说朋友，有些不恰当，大家无非共同坐一部车，一起到一些地方，相互拍拍照，偶尔聊聊天，最多加个微信，相互传传照片，或者告之旅途中的信息，什么时候集合、在哪里碰头等。旅途结束，各奔东西，也就没有什么交集了。

　　加了微信的，有时会看看朋友圈，知道他们后来都干些什么。早些年带女儿一起旅游，有位四川的小姑娘和女儿同住一间房，我们相互拍了很多照，加了微信。印象中小姑娘很热爱旅游，非常向往诗和远方。前几天，看她朋友圈，已是怀抱婴儿的年轻母亲。我很好奇，她现在是否依然热爱旅游，柴米油盐酱醋茶是否替代了琴棋书画诗酒花呢？

　　还有一次，我送女儿读大学，然后和老婆一起沿长江溯流而上，游历了很多名山大川。那一次是和一位豪爽的东北大哥、一位沉静的北京大姐，还有一位应该和我们同年的甘肃女同志同行。巧的是这位女同志和我们一样也是送孩子上大学的，而且也是送到长江大学的。因为这个原因，彼此感觉格外亲切，聊得也就多了点。聊天中得知她本来是英语教师，后来改行去了国企，这和好几位在旅途中结伴的同龄人相同，他们中有教英语、语文、数学的，后来都改了行，有的干了行政，有的去了国企，有的干脆下海经商。那一刻我在想，我们这一代人为什么总是改行？每个人改行的途径可能不同，各自有各自的轨迹，但原因似乎差不多。总之，人往高处走，水向低处流，可是我依旧很好奇，这些偶然与我结伴而行的人，各自有着怎样的生活。

我想，他们每个人都有自己的故事，可能大部分时候很普通，却必然有某些时候，充盈、迸发，把平常的喜怒哀乐添上最鲜明的色彩，形成属于他们自己的图谱。同样是改行，旅伴中某甲是天天缠着教育局局长，死缠烂打，局长上厕所他也守在外面，把局长搞烦了，终于签字批准了。而旅伴某乙直接就辞职了，后来另外考了个外地的工作。每个人的经历、性格、机遇等不同，让他们各自成为自己，在人生这条线上做出选择，画出和其他人绝不重合的轨迹。

我常常思考一个问题，如何才能最精准地描摹这些芸芸众生，写出他们鲜明的个性，总结出他们的共性？他们都是小人物，普通得不能再普通了，然而正是他们，构成了我们共同生活的版图，他们的命运走向极可能是一个民族的归途。

只是非常可惜我的目光过多地注视舞台中央，注视那些聚光灯下的人物，笔墨所及，很多是新闻记者的工作内容，忽视了那些与我擦肩而过的芸芸众生。很多时候，我都是在锦上添花，不曾去留心这些人生众相。佛说前世的五百次回眸，才换来今生的擦肩而过。一段旅程的同行，一段工作的同事，那又是因为前世多少次的回眸才会相遇？我又何曾用我如莲的心，细细体察他们的人生，珍惜这样的缘分？

也许锦上添花更容易一些吧，用一支录音笔采访，再在网上搜索一下相关信息，一篇文章就诞生了，更不缺少发表的地方。而写普通人，匆忙不行，懒散更不行，是需要用时间和精力去观察思考，去撩开生活的面纱，发现隐藏于种种表象下的真实故事。

普通人、平凡事，总感动过我们，影响过身边的人，甚至在悄无声息中影响到这个社会。在茫茫人海中，每个人都好比大海中的一滴水，没有这普通的一滴滴水，也就没有浩瀚壮阔的大海。这一滴滴水虽然不能掀起惊涛骇浪，但却可以折射太阳的光芒。

我的朋友阿剑是一个文学爱好者，他写了很多小人物，老家的邻居、一同在外打工的同乡、卖酒的女郎，甚至坐台的小姐，全是普通人，各自忙各自的营生，而当这些小人物一一跃然纸上的时候，一个时代的剪影就清楚地展现在我们的视野，带给我们震撼和沉重的思考。小人物并不小，他们身上永远闪耀着人性的光辉，而他们的经历往往是一个时代的缩影。我很想用文字记录那些普通人的故事，快乐的、悲伤的，或是感动的，如果笔下生花，看似平淡的故事往往会折射出最美的风景。只是我的笔墨不曾触及，这真是令我遗憾和揪心的事。

谁在崇山峻岭间翱翔

　　1980年，我从新疆回到位于秦巴山区的陕西省紫阳县老家。那时我才十二岁，虽然年纪尚小，却已经在草原上骑过蒙古马，在百里油田的克拉玛依坐过小汽车，相比大山深处的孩子，我自然多了些见识，多了些优越感。不过，也有很自卑的地方，比如走山路，我常常迈不开脚步；过河走跳石，我总是摇摇晃晃，手足无措；走悬崖峭壁上的石坎，我更是心惊胆战，进退两难，常常被老家的孩子取笑。那种尴尬，几十年后想起来都感到无地自容呢！老家山大沟深，险的地方隔断了南北飞雁，大诗人李白因此吼出了："蜀道之难，难于上青天！"在这种险恶的自然环境里，我常常怀念大油田上那些宽阔的马路、高大的楼房，那些川流不息的车队……甚至常常感觉即使荒无人烟的戈壁滩，也比这大山沟好，至少还可以骑马、骑骆驼自由行走。

　　那个时候，虽然襄渝铁路已通车，老家的乡亲们可以坐着火车到西安、到重庆，坐火车出远门不再是梦想，可山区里的交通依然落后，老家只有一条公路，被称为310省道。这条省道连接了川陕两省，但公路像长蛇一样缠绕着一座又一座的大山，一会儿蜿蜒着上到山顶，一会儿拐着弯下到沟底。山有多高，公路就有多高；山有多险，公路就有多险。公路上，汽车不仅少得可怜，跑起来也很慢，有点像乌龟在爬行；更要命的是汉江上没有公路大桥，车到江边还得等船。那种船叫登船，很大的铁壳子机船，是专门用来渡车辆的。车开上船，船将车载过河，汽车再开上对岸的公路继续爬行。大一点的登船可载四五辆卡车，等齐一船的车有时要好几个小时，旅途自然就感觉格外漫长。一百多公里的路程，即使不过河，也要走上三四个小时。公路尽是盘山陡坡，没有一里平地，汽车只能在蜿蜒崎岖的山路上艰难低速爬行，先是慢慢地爬山，后是踩着刹车低速绕过无数个山头缓行，一上一下，左拐右弯，坐一回汽车，让人难受好几天。即使这样，坐车也比走路强，是很多乡亲梦寐以求的现代生活……

　　而对于我这个曾经骑着马在草原上驰骋过、乘汽车在一望无际的戈壁滩上奔驰过的人来说，在这样的大山里坐汽车就感到局促、气喘，非常不自在。好在那些年主要是求学，在县城里上中学，学校是在家门口，不用坐车，也不用走多远的路。到市里上大学，来回也主要是坐火车。火车跑起来平稳，可大山里的火车多数时间是在隧道里行驶，如同地铁，有一种暗无天日的感觉，不像平原大坝上，能够在风驰电掣中惬意地欣赏窗外的风景……

　　后来，我被分配到一个偏远的乡镇工作。好在这个乡有一家国营煤矿，通公路又通电，算得上条件好的地方。然而，这个乡在大山深处，当地人称为"山高水完头"的地方，离最近的火车站有四十多公里山路。想赶火车回县城，不坐汽车就得步行。公路上走久了，两腿发软，浑身无力，这时候就盼望着有车坐，哪怕有一辆摩托车也好。偶尔会有拉煤的车，不过，即使搭上了便车，驾驶室早已满员，只能坐在煤堆上，弄一身煤灰是小事，在车顶上更能感觉到山路的惊险。汽车盘旋着爬坡，吼叫着，像是不堪重负，似乎一不小心泄了气，就会倒退跌下后面的万丈深渊；到了下山的时候，拼命刹住车，似乎车厢还在径直向深沟栽下去，耳边只听到呼呼的风声，惊险万分……

　　那时候的乡村，交通靠走，治安靠狗，通信靠吼。下乡收税，望着那些像长绳一般挂在山崖上的小路，常常令我心虚胆寒。好在这里的乡亲朴实，只要我走到村主任家里，他们就主动找来缴上税款，省了我很多走路的负担。那些分散居住在大山深处的村民，房屋像是在云雾深处，"望到屋，走到哭"。这样的贫穷落后，总让我生出一种逃离的念头……后来，我调到汉江边上的一个水乡，下乡有船坐，似乎省掉了一些烦恼。然而，这个乡的大山上有铜矿，开矿是富民的产业，想开矿，先修路，没有路，那些金灿灿的矿石就下不了山、上不了船。而修公路，必须从千仞绝壁上经过，挖掘机、推土机、铲车等机械根本没有用武之地，只能靠人工一锤锤砸，用钢钎一钎钎撬，用洋镐一镐镐挖。那不是修路，是硬凿的"天路"。那似乎不是在修公路，而是在谱写一曲改造山河、搏击贫困的壮歌。

再后来，我离开乡镇下海经商，再也没有体会过那种壮烈的劳动了。又过了二十年，老家修通了高速公路，汉江上架起了四五座桥梁，登船悄然地退出了历史舞台。老家抢抓公路建设村村通，便民道路户户通的政策机遇，在崇山峻岭间架起了蜘蛛网一样密集的公路。路越修越宽，等级越来越高；车越来越多，豪华的小汽车进入寻常农家成为一种新时尚。当年那些找我申请要返销粮、救济粮的大叔大婶们悠闲地坐着自己儿子、媳妇开的小汽车进城购物，见到我总是一脸灿烂。穿过几十个春夏秋冬，岁月吹皱了他们的面孔，却无法改变他们真诚、质朴的气质。他们伸出那让劳动和艰辛磨出了厚厚老茧的双手紧紧握住我的手，一边不停地摇动，一边热情地邀请我去家里做客，临别时还一再叮嘱我，他们家已迁移到公路边上的安置点了，原来的老地方封山育林了。"路边上，好找，一问就知道！"车开走了，他们的叮嘱却随风传送，我的心暖暖的，眼睛却有些湿润。

我也不再惧怕山间的公路，因为公路靠外侧的悬崖边，总是有刷成绿色的钢管防护着，让人心理上感觉非常放心。我也常常坐着汽车穿梭于崇山峻岭之中，像是在散步，那样从容，那样惬意，那样悠然自得。怎么说呢，四十年前到西安，坐汽车要走整整一天，如果遇到雨雪天气，翻秦岭时要滞留好几天，到一次省城脱一层皮！而现在，仅仅只要四个小时，天亮出发，就可以到西安吃上早饭。二十年前，即使到与老家相邻的镇巴县，也得先绕道四川省的万源县，跑上七八个小时，而现在，汽车只要往镇巴方向开，随便一条村级公路，不用三个小时就能到达镇巴县城，观赏古城的风景。如同条条大路通北京，似乎条条道路通镇巴，当然也是条条大路通家乡。

特别是包茂高速公路，它从县城对面跨江而过，像一条彩带，碰到大山它就穿洞而过，遇到峡谷它就架桥凌空而行。车行驶在这样的公路上，俯视山下的铁路，火车似乎像长蛇般爬行，河流在阳光下泛着金黄色的波光，那种高高在上、风驰电掣的感觉，宛如在崇山峻岭间翱翔。崇山峻岭间云雾缭绕，绿树郁郁葱葱，坐在车上，贪婪地呼吸带着青草气息的清新空气，使人有一种飘飘欲仙的感觉。倘若在夜晚，那漫山遍野的"星星"静静地躺在大山的怀里，慵懒地眨着眼睛；这漫山遍野的"灿灿星光"不靠鬼斧神工，更不是银河决堤星辰散落，而是老家的山体亮化工程让亘古寂寞的大山充满了浪漫和温馨。这时候，真有些遨游天宇的感觉呢！

我真想学会开车，驾驶自己的汽车，在崇山峻岭中翱翔，那种感觉，会不会如同在碧波荡漾的湖水中荡起双桨一样幸福呢？我应该感谢千千万万个老家的乡亲，是他们用勤劳的双手筑起了幸福路，我才有了这样的幸福感。他们是大山的主人，他们才是真正翱翔在崇山峻岭间的英雄。

祖父从档案中爬起来

一

很多年来，我一直以为我的祖父是烈士。

1959年，我的祖父在当时的陕西省安康县离世，就葬于安康烈士陵园。

八年后的1968年12月25日，我在离祖父五千多公里外的新疆的一个偏远小县城出生。从牙牙学语、蹒跚学步，到读书写字、阅读历史，我一直生活在这个遥远的地方。

又过了约八年，可能是1975年，也许早一年，或者迟一些日了，我知道了祖父的名字，也知道了祖父是安葬在老家的烈士陵园的。我因此想当然地认为祖父是一名烈士。不是烈士，怎么会安葬在烈士陵园呢？烈士总是神圣的，特别是在那个崇拜英雄的年代里，我也就多了点神圣感、自豪感……童年时代，总认为烈士就是那些端着枪冲锋陷阵、炸坦克、炸碉堡时牺牲的战斗英雄。那时对于烈士的理解很单纯：除了高大，还是高大；除了崇拜，也还是崇拜。

我一天天长大并上学、读书，读书会让人知道很多事情，让人学会思考。大约又过了八年吧，我开始有一点纳闷，1949年新中国就成立了，1959年陕南安康怎么可能还打仗呢？那个年代虽然也有硝烟，可只是在边境地区啊。父亲是参加了西藏平叛后随部队来到新疆的，那么祖父是不可能参加这场战争的。想必那个时候祖父已是耄耋老翁，纵然鹤发童颜、老当益壮，也不会参加这场残酷的战争的。

祖父怎么会是烈士呢？这个问题一直困扰我，像是一个难解的谜。少年时代，我很爱读书，知道世界上有很多难解之谜：埃及金字塔之谜、百慕大三角之谜、秘鲁纳斯卡巨图之谜……这些谜既然科学家都无法解开，我也真没有认真思考过。唯独对于祖父为什么是烈士这个问题，从我会思考开始，就一直不停地思考，有一种寻找答案的冲动……

很长一段时间后，我读了一本书，书上讲到一位因公殉职的干部被追认为烈士，而这位干部是下乡检查工作时因车祸而牺牲的。这样，我似乎有些释然了，或许祖父也是因公殉职的吧？

然而，又过了很长的时间，我偶然听到父亲和别人谈及祖父，说祖父是病故的。病故怎么会是烈士？我又陷入了一种迷惘。不过，听到了关于祖父的更多事，父亲说祖父病重的时候，正是三年困难时期，当时的县委要他到西安治病，但他不愿意给国家增加负担，婉言拒绝了。父亲说到祖父，敬佩之情溢于言表，那种表情我至今不能忘记。

又一个八年过去了，我不仅回到了老家，而且求学于安康财校。学校的后面就是烈士陵园，祖父的坟墓近在咫尺，虽然在绿树翠竹间，虽然也在陵园之内，但坟已垮了半截，碑也有大半深陷于乱石废砖之中，杂草丛生，无限凄凉……形成鲜明对比的，是他相邻不远的坟墓，高大的纪念碑，摆满了鲜花。努力辨认那些残缺不全的碑文，我勉强从祖父的墓碑上读到：

张国正 字仲儒 生于1910年9月1日 紫阳县工商联干部 1959年病故……

其余的字全部埋进了土里……我又一次陷入了迷惘……

二

说祖父不是烈士的是我大伯父，这是2009年的事。这个时候祖父离世已整五十年了；我已四十多岁了；这个时候祖父已经在烈士陵园里住了半个世纪，在我心中享受烈士的待遇也有三十多年了。这三十多年来，我已从懵懂少年到了不惑之年，有了较为稳定的事业。在这个年龄段，可能会因为祖父是烈士而格外激动，却不会因为祖父不是烈士而沮丧。

之所以问及祖父的情况，是因为我的父亲和叔父在这之前已相继离世，我准备写一部家谱，记录一下家族的历史。祖父是必须要写的，而我对祖父的生平知之甚少。除知道他的墓在安康烈士陵园、他是县工商联干部、姓名年龄外，其余什么都不知道。没有事迹，写出来的传记就会显得苍白，就会空洞无物。也就是在这段时间，我因为研究地方史出了名，成为远近闻名的地方史专家。一个地方史专家学者居然不了解自己的家族史，这是一件多么不可思议的事。

伯父住在另一个县，我打电话给他说了我想写家谱的想法，他非常高兴，主动告诉我一些家族史，自然也说到了祖父。我问他祖父的烈士是怎么得来的，他十分肯定地说祖父不是烈士，只不过埋在烈士陵园里。然后，他告诉了我一些祖父的事情。他的讲述，竟然让我大吃一惊。祖父原是国民党党员，还是国民党一个区分部主任、保安队副队长，这当然是新中国成立前的事了。我问他："那我的祖父又怎么成了共产党的干部？"伯父告诉我，这是由于他是开明人士的缘故。

伯父年事已高，电话不宜打得太久。关于祖父的事，也就只了解到这一点，但这一点已足够颠覆我对祖父的认识。原来祖父根本不是烈士，甚至连中共党员也不是。不过，他竟然在烈士陵园里住了漫长的半个多世纪，这真是一个奇迹！

伯父说祖父不是烈士，我并没有多少遗憾。不是就不是吧，不是总不能硬说成是吧。知道祖父是国民党党员，是保安队副队长，是乡绅，是开明人士，我又多了一丝惊奇，也就多了些探究祖父人生历程的冲动。于是，我开始采访一些与祖父同时代的人。可是，祖父毕竟离我的生活十分遥远，许多八九十岁的人早已不记得有张国正这样一个人了。

我费了半年的时间，才找到了两个人。一个是新中国成立初期的银行职员，他家和我家是亲戚，我应该叫他表叔。他告诉我20世纪50年代时，他经常和我祖父一起参加一些活动，主要是工商界的活动。他记忆里，我的祖父十分开朗，很容易与人相处。其他的，他也记不得多少了，毕竟也是九十多岁的人了，能告诉我这些，我已是十分感激了。

另一位也是我家的亲戚，是很抵手的亲戚，我叫他姑爷爷。他是我父亲的姑父、祖父的堂妹夫。我这位姑爷爷是个很有名的人，新中国成立初期的公安战士，破案能手，我就是在采访他的事迹时问及我的祖父。他告诉我，在新中国成立初期，他曾经带队包围了我祖父的住所，抄了我祖父的家。只因当时有人举报祖父藏有枪支弹药，有对抗新政府武装暴动的图谋，最后因查无实据不了了之。姑爷爷在讲述这件事的时候，有些闪烁其词，总之，不愿深说。这让我有了很大的想象空间。

祖父的形象开始在我的脑海里丰富起来了。

三

伯父跟我说家族历史的时候，实际上有太多的避讳。我们在本地是一个较大家族，而自曾祖父开始我们这一房就人丁单薄。祖父是独生子，父亲同辈是三个兄弟一个妹妹。然而，除了我有残疾的姑姑外，伯父这一代还是比较荣耀的。祖父的三个儿子，伯父、父亲和叔父都是领导干部，十分受人尊重。我理解伯父，他作为我们这一房的唯一还健在的长者，也是一名共产党员退休干部，他认为家族中一些事是不宜宣扬的。比如，对于祖母，他是绝口不提的。后来，我问他："我的祖母是不是很厉害？"他沉默。我又问他："我听说曾祖父是被祖母逼死的，不知是不是真的？"他才被动地说："这是真的。但你不要写入家谱。"我立刻沉默了。对于年过八旬的伯父，我不忍心顶撞他，只是我认为，家谱是一种历史，历史是要尊重事实的。其实，祖母也好，祖父也好，即使是曾祖、高祖，他们在漫长的人生中，所做过的事也并不一定都光彩，甚至可能还会有罪过。那些光彩的、荣耀的事固然可以化为子孙后代生命之穹的点点星光，照亮我们这群后辈子孙日益干枯的灵魂；那些并不光彩的事，甚至罪过也足可以让后世子孙有所警惕，避免走上与他们相同的人生轨迹。

听一些年长的亲戚说起祖父，总是夸奖他是一个孝顺的人。至于祖母，他们很少提及。偶然有人说起，也只是说祖母非常能干，拣茶时手脚飞快，一个顶俩。当然有时也会眉飞色舞地讲起她的厉害：整个一条街没人敢惹。可就是对曾祖父自杀一事，他们绝口不提。我心里明白，他们不提是不愿意伤害我。我之所以知道这件事，是有一次他们认为我喝醉了、睡着了，借着酒意回忆过去发生在汉江边上的一些事，当然，也包括曾祖父自杀这件事。他们把责任归于贫穷，因为穷，祖母唠叨得多，曾祖父受不了刺激；他们也把责任归于曾祖父的要强，老了，不能做事了，也不愿意受白眼，所以选择了有尊严地死去，而不是没有尊严地活着。我曾试图还原这件家族中不光彩，甚至罪过的事件。那个时期，应该是新中国才成立，祖父作为伪政府人员自然失业了，没有稳定收入，成为无业游民。不是祖父不努力，只是社会变革的冲击波总会伤到一些人。这个时候，家里有七八口人，生活的来源只有祖母拣茶的微薄收入。我听伯父和父亲说过，这个时候他们只有十来岁，为了生活只有捡罢炭（别人烧过没有烧尽的炭），做零工补贴家用。过惯了小康生活的祖母当然会受不了，变得暴躁，变得不可理喻。也许还有其他的原因，比如祖父曾是国民政府的人，一下子变成了社会闲杂人员，变成了另类分子，街坊邻居们自然也会给他们白眼等。这种尊严的伤害也是巨大的，可能更有杀伤力，使祖母本来暴躁的脾气变本加厉，哪里还会在意家中老小的感受。

　　我对于曾祖父更是知之甚少，只是在很多年前的一个冬天，我一个人在家"骑"在火炉上烤火，父亲回家时撞见说："真是有祖传，和你曾祖一样，怎么喜欢'骑'在炉子上烤火？"仅仅这一句话，就是我对曾祖父全部的了解。这以后，我眼前常常浮现出一个老者，衣衫单薄，在冬天冷得浑身发抖，为了找到温暖，"骑"在火炉上烤火的情景。和我"骑"在火炉上不一样，我是自找苦吃，要风度不要温度，大冬天不穿棉衣。而曾祖父呢？或者没有棉衣，或者棉衣穿了几十年，已完全不保暖了。曾祖父就这样独占火炉，自然容易惹恼祖母，以她的性格，冷嘲热讽是家常便饭，而我可怜的曾祖父辛劳一生，自然受不了这样的软家暴，他选择了自杀。对于曾祖父的自杀，家族和街坊们当然会责怪祖母，然而又没有人能说清楚曾祖父究竟为何事自杀？他没有告诉任何人，也没有片纸遗书。至于像祖母那样冷嘲热讽，甚至辱骂式的家暴，在当时早已是习以为常、见怪不怪的事。

我的祖母还有另一面：她是街道上的积极分子，她参加识字班学习，热心居委会开会、参加一切的群众活动。我想她是努力在新的社会里找到自己的位置，找到受人尊敬的生活。总之，曾祖父的自杀不了了之。清官难断家务事，家族也好，居委会也罢，都没有办法将责任归于某个人、某件事上，当然就只能不了了之了。

几十年后，我试图从社会文化和人性深处探寻出曾祖父自杀的根源，把所有希望都寄托在伯父身上，希望他能给出一个更接近真相的答案，然而伯父却得了阿尔茨海默病，见到我也认不出来了。他自然无法给我一丁点儿的提示。后来，他也离开了这个世界，绝了我追根溯源的念头。

伯父去世时，我们所有侄子辈的都到齐了。堂兄在伯父的遗物中找出了祖父与祖母的合影。这是我第一次见到祖父母。我们看着这张合影，聊起了家族的往事。我第一次将我知道的曾祖父的死因告诉了他们，十位兄弟姐妹全都沉默了。他们大多第一次听说这件事，意外、震惊，或者五味杂陈吧。良久，老三说："我一看祖母的像，就知道她很恶造……"没有人迎合这句话，也没有人再说什么。当然，大家似乎对祖母都持有相同的看法。后人对于前人的事，总是很容易下结论的。往事过去六十多年了，又有谁会了解当时的情景？对于遥远的事，究竟因为有了距离才容易看得清楚，还是因为有了距离就更看不清楚？这又有谁能够说得清楚呢。

我想在当时，最难受的是我的祖父。社会巨变，个人沉浮，生活困难，家中又遭遇巨变，这是怎样的一种人生挫折？

四

这个时候，我已不再认为祖父是烈士。或者是历史的误会，将他安葬在烈士陵园了？也是在这个时候，我对祖父有了一种神秘感：新中国成立以后，虽经历了这样或那样的运动，也没听说祖父遭遇过什么冲击。我是个搞地方史研究的人，我知道，那些和祖父同时代的保甲长、保安队长们，或者被枪毙，或者被判刑，能够安度晚年的人确实不多。

我决心去查阅祖父的档案，档案记录的不会是一个人的某一件事、某一段经历，不会是一个零散的介绍，而是一个人的全部。查档案这件事看起来简单，其实非常复杂，实在不是一件容易做到的事。我查了半天，阅读了20世纪50年代县工商联的所有档案，只找到一份干部花名册上有祖父的名字。张国正，这三个字孤零零地出现在我的眼前，没有照片、没有介绍，更没有讲事迹，就只是一张也许是打考勤用的花名册。半天的工夫，只有一个结论，就是祖父确实在工商联工作过，其他什么发现也没有。而这一点早已记录在祖父的墓碑上了，无须再做任何考证。

奇怪的是查过祖父档案不久，我就和档案结下了不解之缘。两个月后，我被推荐到县档案局从事档案编研工作，而且一干就是三年。三年时间里，我也多次查过工商联的档案，还写出了县工商联的历史演变、早期活动等文章，可以说硕果累累。说实话，我并没有编研工商联档案的任务，这些编写都是我主动的，都是查找祖父档案的副产品。我不知道是否冥冥中有一种天意，是否祖父在另一个世界里指点着我？是否我必须把工商联的历史全部写出来后，祖父的档案才可能闯入我的视野？然而，祖父的档案我终究还是没有查到。

后来我去了县政协工作，在政协工作一年之后，有一次帮助一位老同志查找《紫阳县政协志》需要的档案资料，再次到了档案局，也就是在这次，我无意间翻阅了一个卷宗，名称是"统战对象个人档案"，一人一档，厚厚的一大卷。我抱着这卷档案的时候，突然心中一动，感觉祖父的档案也该在这里。放到桌上翻阅的时候，我的心有一丝颤抖，手也抖个不停。只翻过两个档案，祖父的名字就跃入我的眼帘，那一刻，热血上涌，我有些眩晕，心似乎被一种无形的力量提到了嗓子眼。

在档案局我待了三年。一千多个日日夜夜，我埋首于档案堆，孤灯伴黄卷，耗费无数时间，查找都毫无头绪，离开了档案局，又怎么会查到？可以说，在离开档案局的时候，对于查找祖父的档案之事我已经失望甚至绝望了。然而世间事就是这样的奇特，当你充满希望的时候，总是会失望；当你失望、绝望的时候，愿望却变成了现实。仿佛一切都是天意。那一刻，我突然产生了一种神秘的想法：是不是祖父也不甘寂寞？是否他老人家也想从档案堆里走出来？

五

　　档案里有干部履历表，还有一份很长的自传。说是自传，是因为题目就"自传"两个字；可内容咋看咋像一份交代材料或者检讨书之类的东西。对比其他人的档案，从不同的字迹可以断定，这就是祖父自己填写的履历表、亲笔写的自传，最后还有组织给下的结论。祖父的字写得非常漂亮，那些用毛笔写出的小楷，虽然在阴暗的档案柜里沉睡了半个多世纪，映入眼帘依然精神饱满，亭亭玉立。祖父是文化人，这一点我从前也听说过。每当我有文章发表在报刊上，总会有亲戚族人感叹地说：你们这一房出文人啊！他们会说起祖父在民国时的县政府里就是书案，就是搞文字的人。干部履历表上，祖父的文化程度是私塾九年。私塾九年，算什么样的文凭呢？可能与现在的初中差不多吧。不过，那些柳骨颜风的字迹，即使现在的大学毕业生也是写不出来啊。

　　翻开档案，祖父似乎真正从里面站起来了。我完完整整地看到了祖父一生的轮廓，比听说的、传说的要真实得多，全面得多，也清楚得多。档案里清楚地记录了他的履历：

1928年2月至1929年2月	紫阳县伪政府第一科	学徒
1929年3月至1933年	紫阳县伪政府总务科	雇员
1933年3月至1938年	仝上	事务员
1939年元月至1939年2月	紫阳县伪政府兵役科	书记
1939年3月	紫阳县伪保训班	事务
1939年4月至1949年9月	洞汝乡伪乡公所	干事
1951年	洞河工商联（民船小组）	文书
1952年至1957年	洞河（瓦房）镇工商分会	文书

从中可以看出，这张履历表是1957年填写的，大约那时有一次较为严格的审查。这一点从表格最下面的组织鉴定可以看出来。

六

在祖父的干部履历表上，我惊讶地发现竟然有一项要求填报财产的栏目——没想到半个多世纪以前就有了干部申报财产的制度！祖父在这一栏里填写的是：有私房两间，位于下河街施家沟口。这两间房子我记得——我十二岁回到老家时，就在这里吃过饭，却没有在这儿住，因为实在住不下——当然，这两间房子的进深很长，隔开了多个小房间，虽然住不下全家人，但十来口人吃饭还是挤得下。房子面朝汉江，背靠山腰，临街而建，是陕南典型的石板房：四面为土墙，顶子用石板盖成，大小不一的石板像鱼鳞一样一片压住一片，密密麻麻，通风却不漏雨。整个房子低矮、潮湿，墙皮脱落，墙面凹凸不平早已破败不堪。如果以现在的条件来审视祖父的财产，没人能相信这是一位旧社会的保安队长，新社会的工商联干部、开明人士所拥有的房产。但是，曾祖父母、祖父母、伯父、父亲、叔父、姑姑，堂兄弟们都曾蜗居在这里。这里是家族栖息之地、繁衍之所。如今，因为汉江上游修水电站，这两间房子早已淹没在库区的碧波之中，只有儿时的记忆留在我的心中。

即使这样贫穷，祖父在"自传"中仍喋喋不休地检讨自己："我任伪干事十年当中，每月工资苞谷五斗四升，而且给人做报告，保，结状，每张苞谷一斗至三斗，或者食盐十斤至二三十斤不等……"祖父"剥削人民"，竟然就是给人民写诉状等文书，伸手要了报酬！而他的报酬竟然是"一斗或三斗苞谷"或"食盐十斤至二三十斤不等"！

祖父在"自传"中还交代了自己曾危害人民的另一大"罪状"："贩大烟七次"；后"在党的教育"下认识到了自己的错误，被"宽大"处理："任工商联文书"。我是搞文史研究的，我知道1950年秋天，陕南行政公署发现陕南各地群众种植鸦片增多，不仅高山深林处随处可见，甚至一些集镇附近也有发现。虽然当时颁布了禁烟令，但还缺乏群众工作基础。在这种背景下，陕南人民行政公署发布紧急指示，要求各级党委迅速动员群众，铲除烟苗。而对于祖父这样的烟贩子，陕南行政公署《关于禁烟禁毒的紧急指示》要求：对民间散存的鸦片（鸦片烟子），号召群众主动向政府交出，不加追究。对于家境贫寒，交出毒品后其生活十分困难者，一方面发动群众互助互借，另一方面由政府给予适当救济。

根据祖父的交代，他贩卖鸦片是在陕南行政公署颁布命令前，是新旧政权更替中，也是最动荡的时期。我不知道祖父受到过惩处没有，但祖父在"自传"里老实的交代、诚心诚意的认罪，我却能够感觉出来。我不会因为祖父曾经贩卖鸦片而对他持有成见，因为任何人都走不出历史，也走不出自己的出身。我为祖父"自传"中文字的真诚而感动——知错改之，善莫大焉。当然，我更为当时的新政权能够包容一个有"历史问题"的人而感动。

七

正当我埋头在档案馆里，一个人静悄悄地沉浸在祖父跌宕起伏的人生经历中时，社会上发生了一件事、一件闹得沸沸扬扬的事——这件事不仅惊动了新闻媒体，惊动了省、市纪委，还和已经去世五十多年的祖父扯上了关系：有群众举报某官员在烈士陵园里修建超级豪华坟墓，侵占烈士陵园……相关单位解释道：烈士陵园原本是当地群众的老坟山，从20世纪50年代开始，才陆续迁入一些烈士的遗骸。而由于历史原因，该陵园并非单一性质的烈士陵园：其中的烈士墓区、公墓区和老坟区，并未进行严格的区域划分。这样的辩解，当然苍白无力。"烈士陵园现官员豪华墓"一事经媒体传播，舆论哗然，有关部门开始追责并进行整改。一垛高墙区分了墓主身份——我祖父的坟理所当然地被划出了烈士的行列，自此他也回归了一个普通百姓的本来面目！

我想祖父真正可以安息了，他一生的努力不外乎为了立身，为了生存，为了一家人的生活，他艰难地堆积着他的生命……无论是不是烈士，对于我和我的家人们都不重要，重要的是我找回了一个真实的祖父。

后来我再去给祖父上坟，不用再进出烈士陵园那庄严肃穆的大门了，我也用不着再去想祖父是否烈士了……每年我都会从曲曲折折的小路绕过烈士陵园，坦然地去给祖父上香、烧纸，寄托自己对亲人的哀思！

站在祖父的坟前，望着这座历经半个多世纪的老坟，虽然蔓草丛生，爬满坟头，且一年又一年，从新绿到枯黄，轮回着覆盖一切；然而我突然感觉生与死近在咫尺，历史仿佛也伸手可及：从档案里走出的祖父清晰起来，祖父，不再是一个抽象的名词，而是无比鲜活逝去的亲人。

其实，人总是会被自己所处的时代的潮流推动着前行，即使过世了也不例外。

山野间的古墓碑刻

2015年春，我得了份美差：到乡间去探访那些古老的民居。

陕南的秦巴山中，散落着很多古老的民居，这些民居依山傍水，千姿百态，像是水光山色中日夜守望、任时代风雨梳理秀发、改变姿容的一位位古人，其形象或高大，或儒雅，或婀娜，或圆润，仅凭几句诗或一份成见去印证其内蕴或是追忆其姿态难免偏颇。对于初识古建筑艺术的我，若想了解和理解这些古民居的文化底蕴，必须从当地人的源流来考察，从中找到一把钥匙，解开这些民居的密码。而想要考察当地人的源流，要么去寻找古民居主人的家谱，要么做田野调查，然而最直接、最准确的办法，还是抄录他们祖先的墓碑。于是我就同那些散落在秦巴山中的古老的墓碑较上了劲，常常徘徊山间，寻找一通又一通古老的墓碑，认真推敲墓碑上的每一个字、每一幅图案……

春日旷野，阳光明媚，鸟语花香。那些大大小小、高高低低、久远或崭新的墓碑或立或卧，或高大方正，或低矮圆滑，星罗棋布地点缀在青山绿水间，构成了另一种风景。秦巴山中的先民大多是明清时代"湖广填四川、再入陕西"的移民。也许是这些移民承袭了楚文化浪漫主义的衣钵，越是古老的墓碑，越是造得精致好看，点缀在山野间，触目可见。青草与石碑，让人联想起的不是凄凉的冢间白骨，反而是一幅幅青山绿水画。

墓碑耸立山间，看似杂乱无章，却暗含着辈分与伦常。每一种辈分与伦常都是一种不容僭越的秩序。生者如此，亡者也是如此。然而，亡者已矣，墓碑高大也好，低矮也罢，似乎也没有什么特别的意义了。因此，这些墓碑更多是属于生者——谁家的墓碑高大雄伟，谁的脸上就会有光；谁家的墓碑豪华壮观，谁就是人间的孝子贤孙。尽管我这样想，可墓碑毕竟还是亡者之碑，是亡灵的寓所标志，是亡者的身份证，是一个亡者区别于另一个亡者的文字说明。尽管这样的文字说明不知道能在人间存留多久，但无论如何，没有人会不承认墓碑的所有权名义上还是归亡者所有。面对墓碑，我们无法绕过亡者；墓碑对于亡者的意义，如同微信里刷朋友圈，它替代亡灵刷新着存在感。

我们知道，死亡是一种长久的不再醒来的酣眠，而活着却是一种艰辛的堆积。这些墓碑，尤其是石材、文字和刀工都高度讲究的墓碑，不仅是亡者及其子孙最为荣耀的脸面，还是一种久远的信息、一种被埋藏在时光深处的信息。而我，就是要透过墓碑上断续能辨的文字，探寻百年前、几百年前，他们是如何艰辛地堆积生活的。当然，最重要的是想知道，他们从哪里来，为什么会躺在这里。有些墓碑经历了多年的风吹雨打、日晒尘磨，已经陈旧或破裂，碑面上的刻字模糊不清、残缺不全，无人知晓它的全部内容，令人在遗憾中感到无可奈何。然而，更多的收获是我在这些沉睡的墓碑上，读出了一些深藏在时光隧道中的信息……

原以为在山野中寻找古碑比寻找那些残存的古民居更艰辛，当现代化的东风吹遍深山，虽然听不到机器的轰鸣，但一幢幢拔地而起的小洋楼，早已替换了古朴而陈旧的老建筑。那些寥寥无几而又破败的古建筑羞涩地躲藏在大山的角落，丝毫不像那些古碑那样，在日光的照射下，顽强地立在山坡上，泛着光，仿佛俯视着苍生，含着一丝高古、一种教化。有时，一处民居的旁边就会有十多处古碑，古时文笔、旧时记事，渗入这一通又一通的碑石中，把时光凝固在布满沧桑，甚至残存的片石上，令人肃然起敬。

一次，我们探访了一座叫"邹家大院"的古民居。院子虽然是陈旧的土木结构，但古朴而厚重——每一扇雕花门窗，每一根椽檩门柱，每一片浮雕瓦当，都是一件件精美绝伦的艺术品，令人惊叹不已——一种探究古老民居密码的好奇心油然而生；而想要探个究竟，就需要知道邹氏先祖从哪里来，在这里是怎样发家致富的。可惜他们没有家谱，也无人能够讲得清楚这些问题，我们只好去求助邹氏先祖的墓碑。我们在邹家院子附近找到了邹氏家族的古墓群——竟然是罕见的清代家族古墓群：有六座保存完好的古墓，是邹氏家族迁移此处一至四代人的墓葬；所有墓葬均有墓碑，且有延续性记录的特点。把一代接一代人的墓碑拼接起来，邹氏家族从湖广迁移四川，又迁移至陕南，以及在陕南繁衍生息几代人的生产、生活信息，就构成了一部完整的家族迁移史。真是"千年石上古人踪"，令人兴奋无比！难怪他们所建造的房屋，融合了湖广与巴蜀不同的风格。我们很快将发现清代墓葬群的消息发表出来，没想到竟有上百家网站转发，一时传为佳话。看来，对这些点缀山间的墓碑感兴趣的人实在不少。

《现代汉语词典》对碑的解释为：刻上文字纪念事业、功勋或作为标记的石头；而《初学记》里则讲："碑，以悲往事也。"也就是说为亡者立碑的初衷是对亡者的怀念，因阴阳相隔再不相见，这怀念需要一个承载之物，从此在以后的岁月里，只要看到这块碑，怀念之情、悲恸之感就会油然而生。而秦巴山中的一些老坟，一些明清时代的古墓上的碑文，记录更多的是墓主人及其家族的迁移史。这恐怕算是移民文化的一个特色吧。在秦巴山中，墓碑的量词是"通"，而不是"块"，人们说这里有一通墓碑，绝不会说是一块墓碑，可见墓碑在人们心中的分量之重。我曾在一石姓民居旁边看到一通保存完好的墓碑，碑文是这样写的：

高祖自于乾隆四年由湖南长沙府善化县迁陕，卜居安邑沈桑铺银杏河。历传至乾隆五十八年十二月三十日亥时，始生伯父。幼即胆识，宏远睿智，功名甫就，弱冠始牯。既立，以常法课农桑，极勤俭内外。衣服饮食，俱崇朴素；惟事亲延不吝，数年家裕。……好善乐施，赈荒救济，咸丰年间，饥民安靖，贫富一体，称善举焉。邑侯熊公旌以匾额……享寿七十岁，不幸裕同治二年正月寿终。

胞侄：职员、监生　石辉山

从碑文中可以推测出墓主人已有数代先人生活在此，石家在此生活已超过百年。照说其已完全算得上本地人了，而墓碑上依然铭刻着其高祖从何处迁来，来了多少年后才有了墓主人等信息。看来，古人对于故乡的情感，比那首"故乡何处是，忘了除非醉"还要深刻。他们把乡愁刻在了墓碑上，即使长眠不起，也不愿忘记。可以说，找到一通墓碑，就搞清楚了一个家族从何而来、来此生活了多少代人等问题；我也似乎不是在读碑，而是在读一部厚重的"湖广填四川，再入陕"的家族迁移史。

那些星罗棋布在山间村民家房前屋后的墓碑，与山坡上的民居一同承接着阳光雨露；让人油然而生的感觉是：生与死是这样的近，似乎是比邻而居。松柏脚下，深埋着的是早年亡人，石碑上或许还能隐约辨识其先考大人的尊名、先妣娘家的姓氏，而他们的后代也总会有老去的一天。生命就是这样周而复始，生生不息。徘徊在古民居与墓碑之间，才感觉到天地的宽宏大量——既包容着万汇百态的生，又承载着殊途同归的死，始终生死与共。

我在寻找古民居的日子里，拜访了无数通的古碑，蓦然惊觉，每一座古墓里都埋藏着很多故事；时光的剪影、岁月的痕迹填满了每一个故事，浸透着一种古老的文化。也许有一天，这些古石碑会残损、会风化，包括那些刻在碑上的文字，工整也好，飘逸也罢，终将会从我们的视野里消失，而那些故事，却会穿越时空，与时光并进，从而达到永恒。

屐痕

人生的屐痕印刻在岁月的风尘中。屐痕处处，是属于自己的天空，天空中飞扬着缕缕情思，沉甸甸地构筑着生命的重量。

草木陪伴的童年

　　我一直对草木有种深深的依恋，或许是因为我出生在草原，在新疆的和布克草原上度过了美好的童年吧。蓝天白云，碧草连天，以及高大挺拔的胡杨树深深地铭刻在我的心中，如同草木对阳光的依恋，绿叶对根的情义——我对于草木的深情早已根植于骨血之中，刻骨铭心。

　　每年三月，和布克草原上的春天姗姗来迟。那些在残雪消融中伸出的嫩芽，带给我惊喜，带给我对五颜六色的向往。草木发芽，就仿佛是在下令，拖拉机开始走向田野，轰隆隆、轰隆隆，拖着铁犁把新鲜的泥土翻上来；骑在马上的牧人挥动着鞭子，成群的牛羊涌向草原。此时，这些牛羊的内心也一定涌动着激情，用鼻子嗅着青草的气息，尽情地啃着新鲜的草木，似乎想把一个冬天的相思顷刻间吐露。草木发芽，带来了色彩，也带来了喧闹。童年对世界的认识，是从草木开始，是从每一个喧闹的春天开始的。

　　草木总是和牛羊联系在一起的。四十多年前，牧区的干部职工几乎家家户户养羊。虽然他们不像牧民那样以放牧为主，也不像牧民那样有很多只羊，但每家总会有一两只山羊或者绵羊。放学或者星期天，干部职工的孩子们会结伴去放牧，和牧民们一样，赶着牛羊一起到草原上游荡。这是一项家务活，更是一种玩乐事。牧区的孩子，除了上学，似乎没有多少时间不是和草木为伍、与牛羊结伴的。春天，我们折取粗细像铅笔一样的鲜嫩的柳树枝，拿小刀齐齐地切割，然后轻轻拧一拧，使绿色的树皮完全松动，猛一下抽出树枝内芯，一管柳笛就如愿呈现在手中——我们吹响柳笛，让笛声随风飘荡——草木陪伴的童年是有声音的；悠扬的柳笛声至今还萦绕在我的耳边……

记得我八岁那年，偶然看到一辆车上掉落了一些种子，便拾了一把回家，随手种在院墙外的角落。好奇的年龄，图个新鲜，图个好玩，种了也就忘了。几天后，下了一场雨，微细的雨飘飘洒洒，润湿了大地，也惊醒了那一把沉睡的种子。很快，一些绿色的嫩芽从土里钻了出来；四周一片荒芜，在只有石头和泥巴土墙的映衬下，这一簇绿色，彰显了草木的勃勃生机。我惊讶，我欣喜，我怀着一种虔诚的期待，天天来看望这些嫩芽，恨不得数清每一株嫩芽上的茸毛。在我渴望的目光的抚摸下，这些嫩芽茁壮成长，墙外的空地上便嫩汪汪地有了一片绿色：开始像三叶草，逐渐变成了细长的秆、变成了淡黄色，最后开满了金黄的油菜花……草木的萌动，引发了童年的心动。那是我人生最初对于生命的好奇和热爱。

夏天，草木疯长，庄稼也疯长。童年的伙伴们在一米多高的青纱帐里捉迷藏，在齐腰深的草丛里玩打仗的游戏。我们会用树枝编成草帽，把自己装扮成一个战士；我们的手上拿着用树枝削成的武器，在草木深处寻找目标，寻找童年的快乐。

放暑假了，我们就成了牧羊的少年。三五个一伙，把羊赶到草原上，有时躲在树荫下玩泥巴，或者下河洗澡，有时一个人躺在草原上，出神地眺望蓝天白云，幻想着自己能够腾云驾雾。偶尔扯一根青草放于鼻前，呼吸着青草散发的气息，似香若辛，沁人心脾，感觉自己融入天地之间，和草木融为一体。

草原上有时会有野兔飞一般从我们身边掠过，我们会惊叫、会跳起来追赶——那时候还没有捕食的概念，单纯只想把它们捉来和我们做伴。然而我们从来没有如愿过，当野兔逃出了我们的视野，我们一边累得喘不过气，一边还兴奋得手舞足蹈。那个时候，我感觉到草木承载着万千的生灵。

秋天，当衰草凄迷，落叶堆积时，我们这些孩子没有伤秋的情怀。老师会带着我们到戈壁滩上打柴，这是为学校准备过冬的柴火的活动。在没有暖气的年代，要靠柴火引燃煤炭，可以让我们的教室里温暖如春。

经过一个夏天的暴晒，再经历各种斧钺虫豸之灾，戈壁滩上的灌木已近枯槁，轻轻地用脚踢，用镰刀一磕，就能拿下。我们很快就可以捆成一堆，然后背着柴，唱着歌，在秋蝉的伴奏声中凯旋。那些在秋风中晃动的衰草，仿佛在赞许地点着头。有草木的童年，就有了劳作之乐。

冬天，也离不开草木。用树枝支起一个盆子，下面撒些麦粒，我们用来诱捕麻雀；用树枝做成弹弓，支起一木板，画上枪靶，我们练习射击。有草木，就有自己制作的玩具；只有自己制作的玩具才有温度，才有快乐。有草木的童年，也就有了无穷的创造力。

当大雪覆盖天地山川，我们无法出门放牧的时候，要用干草喂养牛羊——我的童年有一项家务活，就是喂养家里的一只绵羊。每天天一亮就抱一捆干草到羊圈里，看着羊欢乐地吃着这些带着雪花的干草那津津有味、摇头晃脑的样子，我就非常开心。喂羊对我来讲，比今天的孩子喂养宠物更让人愉悦。在这个过程中，我体会到了一种生命间的亲近。

那是一个漫天飞雪的早上，我抱着一捆干草，走进羊圈时，猛然发现圈里多了一只全身都是棕黄色的羊羔。它站立在母羊的旁边，浑身上下从头到尾都干干净净的，那情景让人愉快，让人内心充满了温馨，像是一种温暖柔软的东西填满了心头：初生的生命，是这么明媚可爱，就像金色的阳光一样。我放下干草，抱起羊羔，忍不住抚摸着它棕黄的绒毛，那一时刻，我感觉世间万物都是欣欣向荣的。

长大后，我看过一些描写母羊产子的书，上面说要接生，要给小羊羔喂奶。我感到非常迷惑，不禁感叹生命力的衰败。我记忆中那只小羊羔，当时并没有谁为它接生，它却毫不费力地站立着，可以说是骄傲地站立着，用一种探询新世界的目光望着我。当我抱起它的时候，它友好地依偎在我的怀中。而母羊在吃草之余，也亲切地嗅着我的手背……童年的草木，带我亲近自然、热爱生命。有草木的童年，就有了大自然生动的课堂。

如今四十年过去了，童年就如同一本珍藏的画册，和布克草原的蓝天白云和一望无际的草原戈壁，与成群的牛羊构成了我生命的底色，常常悄无声息地进入我的梦中。虽然我已离开草原八千多里路，但在几十个春花秋月里，我都深深地爱恋着草木。对草原的向往，已化作美丽的乡愁，在生命的年轮中刻下一道道记忆，而深入我骨血里的，是对大自然的热爱，对生命的关爱。

　　草木陪伴的童年，美丽、生动，而又韵味悠长……

犹忆编书那些事

我其实很早就开始编书了。真的，那一年我只有十四岁，上初二。记得是个暑假，我将自己平时自认为写得优秀的作文，一篇一篇整齐地抄写在用白纸装订的本子上，严肃认真地设计了封面——一个很简单的封面，用彩笔一笔一画地写上了"张斌文选"几个核桃般大的字，还郑重其事地加上了书名号——我人生最初编著的书，就这样隆重地诞生了。

这件事情若放在现在，恐怕会被家长、邻居大加表扬和吹嘘，毕竟这是一种认真学习的态度。然而在那个年代，得到的不过是些讽刺和挖苦：有人说，你们老张家祖坟炸裂冒青烟了；有人说，伟人才出文选，你以为你是谁、与伟人齐名啊？这本个人"文选"，被众多人热烈地关注、津津有味地评论。好在我这个人很坚强，内心无比强大，也根本没有在乎他们的冷嘲热讽。我那个时候心里想的是：一群麻雀"安知鸿鹄之志哉"。

上了高中，我又有一次编书的经历——这次不是编"文选"，而是编科学著作。我有一个惊人的发现，当然这个发现最初是听老师说的，就是平面几何中有边的定理，在立体几何中同样有面的定理，只不过"边边边定理"变成了"面面面定理"。于是我就找出这些定理，把它们一一对应起来。比如先写出平面几何中的斜边直角边定理，再写出立体几何中斜面直角面定理，分别证明，然后举出几个运用的实例，这样就构成了一节。接下来如法炮制，一个定理一节，就可编成一本粗具规模的"数学参考书"。可这本书最后没有编完，当然更不可能出版。但我至今仍固执地认为，若按照我的构思编辑出版这样一本书，一定很有意义，即使放在当下也是一个创举。

但是这次编书给我带来的后果，比第一次编书引来的冷嘲热讽要严重得多，因为它把我带偏了。

刚进入高中的时候，我的理科还是很可以的。我记得我的学号是二号，那是依据入学成绩排的。重点班的二号，综合成绩还不错，如果不偏科，如果不误入歧途，继续保持那样的成绩，说不定我会考上一所像模像样的大学。往事不堪回首！就因为编书这件事啊，我成了个偏科的人，成了个不务正业的人……直到2012年，一次偶然的机会，因为写作功底好，被县档案局邀请去参与编写党史读本，就这样开始了我真正的编书生涯。

也许是因为少年时代练就了结构图书的能力和写作能力，我感觉工作很轻松，就如同玩一样。参与编写的第一本书，是地方党史读本《红色记忆》，我一边写一边构思全书的框架结构，而且白天在单位写，晚上在家里写，所以我们编写的速度很快，半年就出色完成了。尽管经费紧张，原本打算印五百册，最后坚持印了一千册。这本书一出来就被一抢而空，接着又再版印刷，同样如紧俏楼盘一样秒售罄，算是一炮打响。我们接着又编辑出版了第二本党史读本《砥砺前行》，同样被一抢而空。因为编书而有了点虚名，其他部门编书也会找我。后来又参与编撰地方旅游丛书，这部书编撰得很苦：我撰写了全书约三分之一的章节，半年时间跑遍了全县，年底累得睡了好几天，结果只得到三千元的稿费，虽感觉与付出不成正比，但并没有影响我编书的热情。兴趣指引人生，而热爱却赋予人一种坚守的力量；热爱似乎是一位魔术师，能把别人难以忍受的工作变成一种享受，督促你总想把每一个细节都做到尽善尽美；热爱是最好的天赋，你所热爱的事，才是能让你成功的事。

有时候编书也会遇到一些啼笑皆非的事情：曾经应邀给一个单位编一本专业性很强的书籍，参与编写的人都惧怕困难，纷纷往后退。我却迎难而上，自掏腰包买了专业书，认真攻读，积极组织，终于编成了一本还算不错的有学术味的图书。而此时，当初逃避的人又冲到前面来了——整盘子给我接走。人家就成了主编、责编，最后我竟连编辑的署名都没落上。虽然有些郁闷，然而总算是编成了一本专业性很强的书，挑战了自我。成功的喜悦，冲走了那些郁闷和不快，我的内心仍然是沉甸甸的收获，如同一棵秋收时饱满的麦穗——有时完善自我、挑战自我比那些虚名更有价值，相信那些抢了我果实的人，虽然满足了虚荣，或者获得了利益，但他们的内心不一定比我快乐。

有时候编书会和其他编撰者产生分歧，甚至为了一处小问题、一幅图片的用与不用，都要讨论半天。有时争得脸红脖子粗，甚至拍桌子摔板凳。编书是多种能力的综合运用，是最为复杂的脑力加体力劳动，不仅要有好的文字功底、强大的结构图书的能力，更要有出色的组织能力，其辛苦程度是不言而喻的。很多时候，编书就是以苦为乐、苦中作乐，然而我乐此不疲。

我热爱编书。因为编书是立功，也是立言，是在做文化传播和赓续文化血脉的工作，是太阳底下无比崇高的发光发热的事业。同时，编书需不断学习创新，能够使自己不断进步，实现自我价值。马克思在《青年在选择职业时的考虑》一文中说："人的本性是这样的：人只有为同时代人的完美、为他们的幸福而工作，自己才能达到完美。"

我想，编书就是这样一种工作，为他人的幸福而工作，同时也完善和完美着自我。

打鼠小记

　　很多年没有见过老鼠，听到床下有响动，还有些惊讶。好在这床很低，抽屉和柜子又布满床身，床身离地面不到一寸，不像20世纪80年代的床下面可藏人，否则我真怀疑有小偷潜入。

　　只听其声，未见其影，床下是否有鼠？我住在三楼，楼下经常有猫号春；无论是楼房的钢筋水泥，还是楼下的猫咪们，都能够防止老鼠泛滥，怎么会有老鼠？没道理啊！然而，鼠辈越来越猖狂，每每在夜深人静之际，窸窸窣窣，招人心烦，有时咯吱咔咔，像不停地撕咬，又像是津津有味地吃东西。这种撕咬，让我有些惊心。很多年前，老鼠咬坏了我洗衣机的电线，造成洗衣机无法正常运转，只好请来师傅，花了一百元修理费才修好。后来，得知是老鼠作怪，让我破费，还失了面子，我很生气：小小的故障，自己也能修好，却要花钱请师傅，岂不冤枉？可我怎么会想到老鼠竟有这能耐。

　　前夜，听到老鼠在动，决定消灭之，但一开灯，它便不再动弹。没有声音，我就失去了目标。于是，决定开灯睡觉，看老鼠如何行动。果然，不一会儿听到老鼠又在咬，继而翻了个滚，还吱吱怪叫，声音非常刺耳。仔细辨别，似乎在冰箱附近，它的翻滚声和凄惨的叫声暴露了它的方位。我怀疑它是在咬冰箱的电线，不料让电了一下，被击得翻了个滚？我有点幸灾乐祸，却不解恨。于是悄悄起身，想找个称手的家伙，再给它致命一击，一时竟找不到；看到床头挂着一把宝剑，便顺手提起，悄悄向冰箱靠去，将宝剑插进冰箱后面，一阵乱捅后感觉有一小东西似乎蹿了出来，迅速从我的脚下跑过。因为没有戴眼镜，黑乎乎的看不清是否老鼠，便只能作罢。

待我戴上眼镜，仔细察看时，早已没有了老鼠的踪迹。我又只好将宝剑放在床上继续上床，和衣而睡，也不敢取下眼镜。一会儿，再次有了响动，像是老鼠在滚动什么，而且是边滚边咬，方位应该就在床下。到底是什么东西呢？想起床头柜里似乎放有核桃，难道鼠辈在偷吃我的核桃？真是可恶！这核桃是我专为女儿买的。女儿要考大学了，又是长身体的时候，我想给她补补脑。虽然核桃十多元一斤，我还是狠下心买了几十斤。可女儿忙学习，很少吃，我又舍不得吃，就一直存放着。没想到竟便宜了这鼠辈！

我强压胸中怒气，轻轻地起身，拿起宝剑，悄悄地寻找老鼠。宝剑的光芒在灯光下泛起白光，冷森森的，特别是宝剑的前端，透出丝丝冷气。我把怒火和宝剑一起刺床下，一通猛捅，一阵横扫……可是四下仍不见老鼠的踪迹，我绝望地站在房中，光着膀子，手持宝剑，茫然四顾——可恶的鼠辈，我竟拿它毫无办法。

此刻，我多么希望面对的是一只老虎，或者一只勇猛的恶狗，至少可以面对面公平地决斗。而这老鼠，只会躲藏在黑暗之中的角落里跟你玩捉迷藏的游戏。它会算计，会在你熟睡时偷吃你的食物，在你不在家时咬坏你的物品，还会把疾病传播给你。

难怪人们把小人称为鼠辈，他们的本质和小人确实有共同之处。人们怕小人不怕君子，如同我怕老鼠不怕老虎。思前想后，我决定实行坚壁清野，把所有食物都藏起来，放到老鼠无法够到的地方，看看老鼠能怎么办。几天后，发现几个青椒被老鼠咬得遍体鳞伤，我笑了起来——原以为老鼠是不吃青椒的，便没有放入冰箱，没想到它竟饥不择食，也许它并不知道青椒的味道，也或许真的是饿极了。我打开房门，躲到楼上，希望老鼠自己跑出去。然而，几天下来，老鼠依然在闹腾，而且撕咬之声更剧烈，闹得我更心烦意乱，它们是怎么进来的呢？

细细察看，发现阳台的外墙有个洞，我恍然大悟。这外墙原来是花墙，封阳台时只是用一张木板封起来的，一粉刷，表面虽和普通墙外表差不多，但却没有钢筋水泥墙坚实，这才让老鼠钻了空子——它们毫不费力地打了个洞钻进了我的领地。想必是楼下猫咪泛滥，把老鼠逼上了楼，它们为了扩展生存空间，便开始侵略我的领地了。我又生气又好笑，这不起眼的老鼠竟有这样顽强的生命力！从此，我和老鼠较上了劲，决定对老鼠进行专项治理：我移开家具，一处处寻找，用宝剑驱赶，终于将四只老鼠从阳台的洞口赶了出去。初战告捷，我将洞口封死，心想这下总可以高枕无忧了吧。

让我想不到的是，半夜，仍有一只老鼠在剧烈地闹腾在撕咬，动静比之前还大，仿佛在替它的伙伴们报复我似的，害得我无法入睡。我重新提起宝剑，打开大门，准备将其驱逐出境，可是却找不到它。我几乎搬动了所有家具，搜查了它所有可能的藏身之处，仍一无所获。我只好躺回床上，一面假装熟睡，一面竖起耳朵细听：总感觉它在冰箱后面，可几次搬开冰箱就是找不着。直到第二天清晨，我才发现它竟躲藏在冰箱的压缩机里面。这让我束手无策，我总不能用宝剑插入压缩机里吧，若打鼠不成，反刺坏了冰箱，那就不划算了，何况还有可能被电击伤身！我总算深刻体会到投鼠忌器的滋味了——这小老鼠把自己的命运和我的冰箱，甚至我的命运捆绑在一起，真是绝顶聪明啊！

第二天，我琢磨了整整一天，绞尽脑汁想出了一个办法：把冰箱后面的外壳卸掉，让压缩机裸露，看老鼠还怎么藏。果然，老鼠跑了，压缩机内留下了大量花生皮。我拔掉电源，认真清理完压缩机就开始搜查老鼠。可我跑东，它跑西，我就是捉不住它，只好再次坚壁清野，希望把它饿死。

过了几天，老鼠竟又莫名其妙地多了一只，闹腾了一晚上，我已忍无可忍。好在第二天是周末，我起个大早，准备来一场全天性的彻底治理，可无论如何也找不到老鼠的踪影了。我再次仔细检查阳台外墙，果然，在我搬开阳台上的一只箱子时，发现后面竟藏着一个洞口。我终于明白了，昨晚来的另一只老鼠就是从这里打洞进来的，而原来那一只老鼠也是从这里被它的同伙领走的。如此看来，昨晚的那只老鼠似乎是专门进来救援那最后一只同伴的。没想到老鼠竟有这样的超能力、竟这样友爱，这让我惊叹！

老鼠们终于全部被我赶走了，屋里安静了，而我却有些失落，是一种说不清、道不明的失落……

火柴记趣

如果不是收藏家，或者对火柴情有独钟的人，恐怕少有人会想起火柴。在如今使用火柴仿佛成了一种古老的生活方式，落后而且陈旧。记不清是何年何月，温州出产的便捷打火机风靡全国，火柴便失落而悄无声息地退出了百姓生活，淡出了人们的视线。

我小时候，也就是四十多年前，火柴是每个家庭的必备之物：家家户户要用火柴生火做饭，晚上，还用火柴点亮煤油灯来照明。电灯电话，在那个年代还是人们的梦想。那个时候，火柴虽然早已国产，但人们还习惯称其为"洋火"，我童年时就懵懂地认为火柴都是那些高鼻梁、蓝眼睛的外国人制造的。那个年代虽然物资匮乏，但火柴是不缺的，火柴和人们的日常生活息息相关，可以说家里不能一日没有火柴。然而，火柴的重要性是我几十年后才真切体验到的。而在童年时，在我眼里，火柴除了点火点灯外，还能搞出很多花样，是个很有趣的物件。

我用火柴做过玩具枪里的子弹。四十多年前，儿童玩具很少，特别是偏远山区。所谓的玩具手枪，也都是孩子们自己制造的：枪身是用八号粗铁丝弯曲而成的；枪管是用自行车链条上散落的链子制作的。链子有"8"字形状的孔，把散落的链子孔对孔排成一排，用铁丝通过下面的孔把链子串在一起，在上面的孔里装上撞针；撞针由皮筋控制，拉起来就可以压住铁丝做的扳机末端——枪就这样做成了。玩具枪结构虽然简单，发射原理却和真手枪是一样的；玩具枪的子弹不是火柴梗，是火柴头上的火药。拉上撞针，压住扳机，这时就可扳动链子，错开上面的孔，把火柴头上的火药刮进孔里，再合起来，就完成了填弹；扣动扳机，伴随着"啪"的响声，一股青烟就冒了出来。这种玩法有些浪费火柴，但比起上树掏鸟窝、下河洗澡等要安全得多，而且还颇有些发明创造的趣味，家长和老师见了往往莞尔一笑，并不干涉。

我们上小学学算术，当手指头不够用时，就会用火柴梗来代替；即使上了初中，我们也用火柴梗来做智力题，比如用火柴梗摆出一个数字等式，挪动一根火柴梗，必须保证等式仍然成立等，火柴又成了我们的学习用品。

最有趣的是我在市里上电大时，还做过火柴的生意。那是20世纪80年代后期，伴随着人民群众生活水平的提高，市场有些物品常常供不应求，有时会出现某种商品脱销。一次，我发现火柴脱销，便立刻赶回二百多里外的家，在县城批发了两箱火柴，转手倒给学校门前的商店，赚了一点差价。后来，县城的火柴也脱销了，我又想到倒腾汽油打火机用的火石，花七十五元批发了五盒火石，转手卖了一百五十元，算起来真是翻了一番。这是我初次做生意，不仅完成了从只会用钱到学会挣钱的转变，还学会了由此及彼的市场分析法。

我记忆里还有很多关于火柴的趣事，比如，我过早地学会了吸烟，便离不开火柴。遇到晚自习停电，大家会争先恐后地叫我的名字，我一答应就意味着有了"光明"，教室里立刻安静下来。这让我心里多了一种被需要的满足感。那时，吸烟是背着家里大人的，晚上吸烟，怕家人听到擦火柴的声音，我便蒙着被子点烟；怕声音传出，又怕烧了被子，那种小心翼翼的情景，很多年后想起来都让人忍俊不禁。

在我这个年龄，初恋已过去了几十个春秋，许多事情都被岁月尘封在记忆的深处，唯独她常常偷她父亲的香烟、口袋里时时装着一盒火柴的事常常浮现在我的眼前。一个不吸烟的女孩经常装一盒火柴，本来就大异于常人，而且火柴是专门为我所准备，更让人感动。虽然初恋没有结局，但过程的美好却伴我一生，无论何时想起，都如同置之怀袖般的温暖。

火柴和我女儿的童年也有关。女儿在襁褓里就对火柴表现出极大的兴趣。我一擦燃火柴，她就笑靥如花，火柴一熄，她就哇哇大叫，非得让我再点燃一次。后来，只要我一摸出香烟，她必然会偏起小脑袋，转动目光四下寻找火柴。到她能满地跑的时候，点烟便成了她的专职。一旦她来了兴趣，便守在旁边给我点烟，我吸完一支还必须再吸一支，一支接一支，还必须快！稍慢点，她便不依不饶。这样吸烟，吸得我头昏脑涨，比喝醉酒还难受，但却感到无比温馨。再大点时，她知道了吸烟有害健康，又开始和我玩起藏匿香烟和火柴的游戏。她能抓住最主要的问题就是藏匿火柴，她知道没有火柴再多的香烟都没有用武之处，她藏匿火柴往往独出心裁，让我根本找不到。当我换上拖鞋，坐在桌前想吸烟的时候，她已悄悄将火柴藏入我才换下的皮鞋里，这样"灯下黑"的招数，谁能想到呢？只有当上班的时候一换皮鞋，才发现火柴原来在这里。后来，火柴退出了日常生活，但女儿和我之间这种"藏匿"与"反藏匿"的游戏却一直没有中断，只是后来从藏火柴变成藏打火机了。这种游戏比任何电脑游戏更生动有趣，因为这是充满亲情的游戏。这也是我对火柴念念不忘的原因吧！一次打扫房子，无意间发现了一盒火柴，这会不会是女儿当年藏匿的火柴？这盒火柴，竟让我非常激动，以至于把玩多日，舍不得丢弃。我突然生出了收藏的念头，将它和一些珍贵的物品放在一起，束之高阁。也许将来有一天，我会翻出来看看，并将与它有关的故事讲给孩子们听。

很多时候，我们觉得珍贵的，并不一定是物件的本身，而是它身上所携带的那些记忆和怀念，特别是那些关于亲情、友情和爱情的记忆，像火柴头上跳动的火焰一样，虽然细微、普通，虽然不惊心、不溅泪，但有着动人心弦的魅力。

众里寻他千百度

承接《紫阳县人大志》编撰工作的时候，我曾给领导说，我是最适合编撰这本志书的人选，一来撰写两卷地方党史的时候，人大史这一部分是我撰写的，我有别人没有的资料，也有自己对人大制度的学习和理解；二来我是在县人大院里长大的，县人大常委会的好几任主任、副主任和我家都是邻居，我和他们的后代大多都有往来，比其他人容易采集资料。或许正是这两点打动了领导，最终决定由我担任这部志书的执行主编。

虽然我和县人大颇有渊源，可就收集资料而言，做起来其实很艰难。毕竟时间跨度有七十年，沧海桑田，物是人非，档案资料又不全，很多时候常常无从下手。第一任主任王文彬，虽然和我家做了五年邻居，然而20世纪80年代中期他就离休回了老家陕北。他的子女也都比我大，最小的女儿上学的时候也高我一两级，以前没有来往过，走了之后就毫无音信。所以，写他的简介很难，缺少档案支撑，更不用说找他的照片了。我隐隐约约记得他大女儿在县教育局工作，似乎当年没有跟他们一起回老家，是在我们紫阳县退休的。根据这一线索，我辗转打听，问过很多人，现在也不记得是哪位朋友给我推送了她的微信才联系上。我将编辑根据零星资料撰写的王文彬简介发给她，并让她提供她父亲的照片，很快得到回复。她说这个简介有误：她父亲是离休干部，参加工作的时间不可能是1950年，而且缺少了在三原县工作的经历。她很快从当地找来王文彬在新中国成立前于三原县工作的简历，并传来王文彬仅有的一张工作照，虽然不是标准像，但也弥足珍贵。通过现代技术制作，王文彬主任的简介上总算有了个人照。

　　还有一位副主任樊怀贵和王文彬主任的情况有点儿相似，他20世纪80年代中期就调离了紫阳。他的老家也是在陕北，而他夫人的老家在大连，究竟他是调到哪儿去了，陕北还是大连，众说纷纭。虽然他也是我家邻居，他儿子樊光是我少年时候的朋友，可是早已失去了联系，问了很多人，一直找不到他们的联系方式。寻找樊副主任的照片也成了大海里捞针，毫无头绪。但我并没有放弃，偶然有一次跟主编栾成珠谈起这件事情，当年曾任县政府办公室主任的栾主编给我提供了一条重要线索：好像樊怀贵跟当时的县委书记佘德坤是亲家。我突然想起我同学黄振琴两年前曾托我给一位姓佘的干部查过档案，那个人好像就是佘德坤的儿子，因我当年并没有查到他的档案，所以印象不深。我马上打电话联系黄振琴，抱着一丝希望请她帮忙找找樊怀贵的联系方式。放下电话，我静静地等待，半个多小时后，黄振琴通过佘家帮我查到了樊怀贵女婿的电话号码，继而又找到了樊光的电话号码和微信号。真是山重水复疑无路，柳暗花明又一村啊！

　　相比这两位，紫阳县第一任县委书记、第一任各界代表会议主席罗义的资料和照片就更难找了。罗义是新中国成立初期到紫阳工作，后又离开紫阳的，几乎没有人知道他在哪里，甚至很多人都不知道有这样一个人，连县志都没有关于他只言片语的记录。恰在这时，市委党史研究室要求收集整理各县第一任县委书记的资料。我通过仅有的他是山西平鲁县人，西进干部这点信息，找到他的老家山西朔州市平鲁区党史办，委托他们代为寻找。后来，当地的党史工作者许卫东先生到罗义的老家原平鲁县的大石湖村实地调查后告诉我，罗义有一个儿子，曾在陕西省公安厅工作，可能也是在那儿退休的。于是我又托在省委党史研究室工作的紫阳籍的孙都兴先生帮忙寻找，终于找到了罗义的儿子罗克民先生的电话号码和微信号——他为我们提供了罗义书记的照片和一些鲜为人知的史料。这样，我们既完成了党史工作，又为《紫阳县人大志》人物传部分画上了完美的句号。

　　当《紫阳县人大志》的初稿完成后，县地方志办公室的陈平军先生翻阅人物这一章时惊讶地说："每个人的照片你都找到了，没有一人缺失，看起来真是很不错啊！"那一刻我感慨万千，很多志书，因为资料少，所列人物要么缺照片，只在一个方格打上"+"号；要么少了生卒年月，打上"?"号，给人一种残缺不全的感觉。而我们编写的《紫阳县人大志》，所有人物传、人物简介的照片都是齐全的，简历中也不缺少任何要素，我的成就感油然而生。而且只有我清楚地知道，为了这些照片、这些资料，我们付出了多么艰辛的努力。可以说，每一个人的资料和照片都是苦苦寻找，并在焦急等待和拼命挖掘中完成的。所谓"众里寻他千百度，蓦然回首，那人却在，灯火阑珊处"，诗人辛弃疾的意境，我总算体会到了，也理解了王国维在《人间词话》中所说的"古今之成大事业、大学问者，必经过三种之境界：'昨夜西风凋碧树。独上高楼，望尽天涯路。'此第一境界也。'衣带渐宽终不悔，为伊消得人憔悴。'此第二境界也。'众里寻他千百度，蓦然回首，那人却在，灯火阑珊处。'此第三境界也。此等语皆非大词人不能道。"这三重境界的深刻含义，即对做学问、做人、成事业者而言，在经历了第一境界和第二境界之后，才能有所领悟，而自己所追寻的东西往往会在不经意的时候、没想到的地方出现。

编撰志书，我最反感的是编撰人员轻率地说这个找不到，那个没有。其实只要善于用心，肯下功夫，怎么会没有呢？甲地档案馆没有，乙地则可能有。甲、乙两地都没有，也可以依据残存的历史信息，考证还原历史的原状。历史并不遥远，世上并无难事。我们修志就是要对历史负责；而要对历史负责，就更要下苦功啊。

溜走的时光

总有人说时光偷偷溜走，其实时光从来不是偷偷溜走，而是大摇大摆地走了，从来不会顾忌我们的感受。说溜走，是日常我们对她熟视无睹，未曾珍视，蓦然惊觉时，容颜已衰老，行动已迟缓，心灵似乎也已干枯，这个时候，往事总会袭上心头。人生漫长，生命的原野广袤而深邃。往事，无疑是点缀这一片原野的花，绽放美丽，滋润心灵，而且永不衰败。

斗　鸡

从小到大，记不清玩过多少种游戏，捉迷藏、跳皮筋、打沙包、攻城、斗鸡……很多游戏已变得模糊，记不清曾经的欢声笑语。记忆像手心里的水，无论是张开还是握紧，终将从指缝间悄悄流走……然而，"斗鸡"的场面却时常浮现在我的眼前，挥之不去，刻骨铭心，不能忘怀。

"斗鸡"，不是鸡和鸡斗，是人和人斗。两个人把各自的一条腿抱起来，用手扳成三角状，膝盖朝外，另一条腿呈金鸡独立状，而后双方支撑一蹦一跳地用那条手扳着的腿的膝盖互相碰撞，谁被撞得失去平衡，手扳着的那条腿放下来了，谁就输了。

斗鸡可以两个人斗，叫单挑；也可以是很多人混战，双脚着地或倒下者退出，叫混斗。还可以分成两组人互斗，算一种集体对抗游戏，每一组几个到十几个人为一方，攻击另一组，哪一方斗至最后还有人抱着腿做斗鸡状，则这一方算赢。我上初中的时候，最痴迷于这种游戏，课间或是放学之后，总是和同学们一起，分成两个队，斗得满头大汗，气喘吁吁，又乐此不疲……

斗鸡是很有意思的游戏，既考体力，也考智力。体力好的吴照林，壮得像头牛，特别是他的膝盖坚硬如铁，谁碰到了谁倒霉。他斗鸡的时候，膝盖上下翻飞，从上砸下来，弱一点的遇到他就会被迫放下腿，失去战斗的资格，只好在一旁咧着嘴按揉疼痛不已的膝盖。照林的膝盖像铁爪，大家叫他"吴爪爪"，见到他自然都退避三舍。他一个人往往能敌好几个人，特别是当他依托一棵碗口粗的树，一手紧抓树干，绕树而战，能力敌群雄；遇到他，另一组的同学就会集中火力对付，几个人围攻他一人，双拳难抵四手，有时他也会中枪倒地。身高也是一种优势，班上最高的男生江晓波总是一马当先，快速冲向对方，高高跃起将膝盖撞向对手胸部。这一招"晴空霹雳"，锐不可当，体弱个小的遇上他只能闪转腾挪。机警灵活的有张红钢、汪见兵，他们身材瘦小，但斗起来非常机智。他们会避开对方锋芒，以刁钻的角度，在对手间滑过，趁双方斗得难分难解之际，突然从侧翼绕到对手后面袭击，往往一击成功，还保全了自己。特别是汪见兵，他往往脑袋一偏，如离弦之箭，一下就攻倒了正战得手忙脚乱的强大对手，包括像吴照林这样的强敌，大家便送他个绰号"汪小脑壳"，一是因为他的头小，二是因为他聪明。而我，可能是腿部肌肉较为发达，常常被斗得旋转，却不容易倒下，如一个陀螺。我们家乡人把陀螺称为"得轮"，于是我也就有了个绰号，叫"张得轮"。

我们就这样天天在课间斗鸡，斗得难分难解，有时还很激烈。有一次酣战，我被三个对手逼到田坎边，挤下了一米多高的田坎。好在坎子是坡式的，又杂草丛生，掉下去一身泥，却毫发无损。那时的孩子不娇气，爬起来，拍拍灰，嘻嘻一笑，又接着进行下一场战斗，大有轻伤不下火线的气魄。在那个没有 NBA、PSP、网游的年代，"斗鸡"是我们最大的乐趣。我们一年四季都在玩"斗鸡"，特别是冬天，是"斗鸡"的最好时节，蹦跳对撞，既锻炼了身体，更抵御了寒冷。记忆里即使大雪纷飞，寒风刺骨，我们也会斗得如醉如痴，难解难分……我们不怕弄脏衣服，擦伤手脚更是稀松平常的事。也许没有人会相信，有时年轻老师也会过把"斗鸡瘾"，个别女生看到男生们"斗"得起劲，也会冲进去和他们争个高低。

我们在斗鸡中一天天长大，在斗鸡中加深了友情。不知不觉过了一年又一年，到了初三，我们搬到了校门口的两层土木结构的教室。木板楼梯、木板地面，活动的空间受到了限制，没有人再斗鸡了，只有偶尔的打闹和嬉笑。后来毕业了，大家天各一方，斗鸡这种游戏也就只能埋藏在记忆的深处，被岁月尘封起来。

一晃三十年过去了，有时我会回母校转转，想看看当年我们斗鸡的地方，可时过境迁，再也找不到儿时的场景，只有在记忆的深处去回味当年"斗鸡"的喧嚣。如今，母校已是一座现代化的学校，当年那些简陋的平房早已没有了踪迹，那一片又一片的菜地也早已被钢筋水泥取代。徘徊于高楼大厦间，我找不到记忆重叠的地方。但是每当我走到这里，心里总会感到温馨，眼前也总是浮现出一群斗鸡的少年生龙活虎的身影，耳畔总会回响起那些斗鸡中的喧嚣声……

课外书

四十岁后，我特别喜爱读书。因为这时才猛然发现自从走出学校自己就很少读书了。也难怪，参加工作就赶上下海、有机会搏击商海，而商海大潮汹涌，将文化绿洲淹没。环望周围，找不到几本可读的书，看不到几个读书的人。田园将芜胡不归？我常常怀念少年时代的读书氛围，便更加珍爱读书。那些少年时代读过的书，那些一起读书的伙伴也常常浮现在我的眼前，如同缕缕阳光抚摸着我的孤独，激发了我的热情，使我神清气爽，不再沉沦……

记得我上中学后迷上了读课外书。那时我所在的初一（四）班是个爱读课外书的班集体；在初一（四）班，读课外书比当时穿喇叭裤更盛行。很多同学课间都读课外书，三四个凑在一起，埋头看书，有时也会讨论；主要是一些小人书，各有各的喜爱，甚至会为书中哪个人物更好，争得面红耳赤。到了初二，有部分同学开始看《隋唐演义》《三侠五义》等书。大部分都是晚上在家里看，第二天到学校来讲。大家相互传阅，有时热烈地讨论，有时一个考问另一个梁山好汉的诨名，《隋唐演义》中好汉的排名都成了考问的试题。在这样的氛围感染下，就连没有看过这些书的人，也能将梁山好汉的诨名或者隋唐好汉的排名背得滚瓜烂熟。

我那个时候不喜欢古典小说，和这几位武侠迷也说不到一起。然而每个人有每个人的机缘，和我坐前后座位的是几个小学老师的子女，我们很投缘，也基本上常在一起玩。他们爱看一些文学书，因为父母工作的缘故，能借到一些文学书籍。如张红钢的父亲在教育局教研室工作，那里有很多书，他就借着看，也常常带到学校来。我记得比较清楚的除了《艾青散文选》《刘白羽散文选》《浩然文学作品选》等书外，还有《当代》《人民文学》等杂志，他都会大方地借给我。阅读这些文学作品，我被书中那些丰富的情节和优美的词汇所吸引，看到精彩之处，会拍手叫好；看到悲惨之处，会潸然落泪；看到惊险之处，跟着提心吊胆……书香就是如此让我陶醉！

读总是和写相联结的，因为读了，读得心潮澎湃，也就想写。我在初二下学期，模仿着艾青的《怀念天山》写了一篇散文《怀念新疆》，写好后感觉很不错，就大胆向《绿洲》杂志社投稿。过了大约一个月，杂志社的编辑给我写了一封信，表扬和鼓励了我一番，但是稿件没被采用。我虽然有些沮丧，可也没有失落。好友穆炜看了这封信后对我说：这就很了不起！是编辑给你写的亲笔信，有些稿投了后连回信也没有呢！老实说，他的话对我影响很大，虽然过去三十多年了，每每想起来，他说话的神态还清新如昨。我人生的第一次投稿没有成功，可也算不上失败，因为它给我了一种信心。

到了初三，琚勇转学到我们班上，和我同桌了一段时间。巧的是他也有很多书，而且他读的书又和红钢的不同。他喜欢读一些文史传记类的，如《外交部八年》《中联部八年》《我这三十年》等。他也和红钢一样，非常大方地借书给我看，于是我又迷恋上读文史传记类的书籍。这些书籍开阔了我的视野，增长了我的知识，特别是养成了我阅读的习惯。几十年来，无论是坐车，还是等人，甚至在医院里挂吊针时，只要看到身边有书，我就忍不住拿过来翻翻，遇到好书，总是千方百计地借来看一看。

初中时养成的读课外书的习惯，应该感谢我们的语文老师潘泽贵。他非常鼓励学生阅读课外书。我初一的时候，作文并不是很好，作文比赛只得了六十分，刚好及格，潘老师把我叫到他办公室，鼓励我多读课外书，还给我推荐了一些书，有柳青的《创业史》、丁玲的《太阳照在桑干河上》等，并要求我坚持写日记。他说你写几本日记，将来翻开一看，中学时候的生活就会一幕一幕浮现在眼前。因为这次谈话，我对读课外书有了热情，日记也坚持写了两年，厚厚几大本，可惜后来在搬家中丢失了，也就没有体会到"翻开日记，一些往事就浮现在眼前"的那种感觉。然而，写日记磨砺了我，提高了我的写作水平。我从初二开始，每次作文都写得很投入，而且一次比一次好。

少年时代的这些读和写，为我打牢了写作的基础，使我在几十年后仍然可以拿起笔来写作，将人生的阅历和感悟记录下来。这真得感谢那些爱读书同学的影响和老师的教诲，也要感谢那个年代——20世纪80年代是个读书的时代，人们都爱读书，书店里也有很多优秀的图书；这些书引导我生活在一个最美好的世界里，让我置身于古往今来那些伟大的心灵之中：瞻仰他们的风采，亲沐他们的行谊，聆听他们的言论，坐育其间，分享他们的喜怒哀乐，汲取他们的经验，并不知不觉地把自己融进他们匠心独运的幽美意境之中，如沐春风，一生都受用不尽！

淌满乡愁的小河

有一条小河在我的梦里潺潺流动，带着我儿时的记忆，流过四十多个春夏秋冬，留下永远的乡愁。

小河从故乡和什托洛盖南边流过，源头是远处高耸的雪山。与新疆大部分河流一样，河水是冰雪融化的，清澈、甘甜。小河呈弧形，自西向东缓缓地流淌，流向戈壁滩的深处。

故乡的民居散落在戈壁滩上，因为有了这条河，便多了一些灵气。那些哗啦啦的流水声，似乎是大自然赋予这片土地的天籁之音，给寂寞的戈壁带来无限温馨……

春天，冰雪融化，河水推动着冰块"叮咚、叮咚"奔跑起来，寂静的戈壁滩就有了生机。不久，柳树发芽，河岸绿了起来。我们折下一根香烟般粗细的柳枝，拿小刀切割整齐，然后轻轻拧一拧，使绿色的树皮完全松动，再猛一下抽出树枝内芯，一管柳笛就温驯地呈现在手中。我们吹响柳笛，一个比一个吹得卖力。于是镇里镇外"柳笛声声绕山村"，那意境，想起来就让人陶醉。

牧民们放牧，早出晚归的羊群，都会在河边歇歇脚，羊儿争先恐后地饮水，并撒娇似的"咩咩"叫喊；三三两两的骑手会停下来，洗一洗宝马奔跑的疲劳和尘土；跑了一天的猎狗在河里摇头摆尾，开心地用前爪拨动着水波。

那个时候的和什托洛盖，家家户户养羊。一放暑假，孩子们结伴放羊，小河成了我们的乐园。贪玩的孩子，像我，会将羊拴在沙滩边的树下，一头扎进水里玩水。河水很浅，最深的地方也淹不过脖子，我们打水仗，在水中追逐。有时，学着小兵张嘎，含着一根芦苇管子，一个猛子扎进水里，比一比谁潜水时间长；有时，我们不玩水，便上树去掏鸟窝，或者去摘树上的沙枣、榆钱，那是纯天然的零食……累了，我们便赤裸裸地躺在沙滩上，静静地遥望蓝天上的白云。

路过的哈萨克牧人总会笑我们："喂，你们的羊吃沙子吗？"我们一阵哄笑，并不理会，因为他们不知道我们的秘密。等到中午了，社员们回家吃午饭的时候，我们将羊牵进生产队的园子里，放任它们狼吞虎咽。饥饿的羊将那些碧绿的青草连根吃掉。同伴中有一个是放驴的，而驴只吃青草的尖儿，它慢条斯理地吃着，等社员们上工还没吃饱，我们只好割些草，带到河边，轮流去喂养……

河里的鱼儿不大，一条条都好像在空中游动，没有什么依靠似的。阳光照射，会把鱼的影子映在水底的石面上，它们呆呆地不动，忽然间又向远处游去了。来来往往轻快敏捷，好像在与我们一起娱乐。有时鱼儿会戏弄水草，有时会用尾巴摇动阳光，有时会调皮地咬我们的脚，咬得我们直痒痒，开心极了。偶尔从上游漂下来一两朵马兰花，在水底的石头上映下淡淡的影子。一切看起来都那么清亮，那么透彻。岸上的小路边会有一些青苔，时不时地有青蛙从草丛里跳出来，鼓着眼睛瞪着我们，似乎因我们侵占了它的领地而生气。

小一点儿的孩子会在岸边挖水井：选好地方，挖个一尺来深，水便冒了出来，他们于是快乐地喧闹，像一群小麻雀。有时，他们会快乐地去追逐青蛙，或捕捉那些连蹦带跳的蚂蚱，往往啥也没有捉住，却毁掉了自己挖的水井，不过，他们并不生气，而是毫无怨言地继续着他们的工程。

小河的南岸，有一处苹果园，那是我们最向往的地方。不过看守的老头非常严厉，我们每次去偷总是被他追得抱头鼠窜。不过，只要不打苹果的主意，他也很和蔼。有时，还会让我们牵着羊进果园，让羊吃果园里茂盛的青草。

秋天，我们要上学，也就很少光顾小河；而冬天小河会结冰，寒假里，小河就成了我们的溜冰场，我们滑动自己做的冰鞋，在小河上尽情地追逐，直到夜色朦胧，星光灿烂……

　　清清亮亮的小河就这样流过春夏秋冬，流过我的整个童年。后来，我到了南国水乡，在大江大河里航行，却再也找不到小河的那种意境，小河被岁月尘封在记忆的深处！而在每一个午夜梦回，小河那哗啦啦的水声，河边那些跳跃的青蛙，微风中摇曳的柳树、榆树和沙枣树总会将我唤醒，我知道小河早已流进了我的心窝，融入我的骨血，因为小河里流淌着的是一缕缕剪不断的乡愁……

长假小记

春节放七天假，是个长假。本来打算利用休假，读一读长篇小说《一个人的朝圣》，却因放假前一天，意外得到了一本新编家谱——《陕西省紫阳县栾姓家谱》而改变了计划。酷爱谱牒文化的我欣喜若狂，认真研读家谱，并翻腾出以前收藏的若干家谱，细细比较，竟有很大收获，写下一篇书评。此外，我还借着这股劲，修改完成了散文《北疆的老屋》，文章中有对少年时期养狗的回忆，算是献礼狗年吧。

在七天的假期里，我相信朋友们和我一样，忙了一年，很累很疲劳，需要在假日里休整，所以基本上没有出去拜年，甚至电话没打、短信也没发，尽力不去打扰他人安静的假日生活。除亲戚间往来，我只到一位退休多年的老朋友家里走了一趟，拜了个年。真正的朋友，就是当他需要你出现的时候，你能出现。在朋友家把酒言欢，其乐融融，直到华灯初上，分不清楚哪里是灯，哪里是星星的时候，才摇摇晃晃带着醉意回家。

孩子放假回来，一起聊了几次，吃了几顿饭，大年三十陪我去给她爷爷上了坟后，就难见其人其影了；她去四川旅游了几天，风尘仆仆，却很开心，她快乐我就高兴。老婆在商场工作，春节正是销售旺季，整日里忙于上班。多数时间，家中只有我一人。切一点凉菜，喝一点小酒，独乐乐，又宁静，感觉也蛮好。除了读读家谱，看看报，写写文章，三十和初一的时光里，我也参与了微信群抢红包：抢得聚精会神，抢得汗流浃背，抢得不亦乐乎，那种众乐乐的感觉也很美。说来也怪，一起抢红包的群友，隔着几里、几十里，甚至几千里的距离，一旦抢起红包，仿佛他们就在眼前，生龙活虎的，一个比一个厉害，一个比一个敏捷。大家亦抢亦发，发一个红包，看看谁的运气好，抢的红包有多大；发了红包，心里也热乎，那种送人玫瑰、手留余香的感觉浓浓的，也不觉得天气冷了。抢累了，就睡觉，一觉醒来，已是凌晨五点，随便翻翻微信群，竟也抢到几十块钱的红包呢！那一瞬间，感觉了年的味道——一种从前没有的感觉，没有的味道。其实，过年，就是一种对理想生活的向往，理想的生活就是天天有红包，日日都快乐嘛！生活理想化，理想生活化，不正是中国人特有的年文化心理吗？

偶尔，去散散步，遇到熟识的朋友，或握握手，或拱拱手，拜个年，聊上一聊，然后回到家中，继续读书看报，研究家谱。无意之中，我搞清楚了很多家谱编写的理论，明白了自己家族中那本谱的缺陷，知道该如何修订自己的家谱，又欣欣然，喜洋洋了。

本来是想趁着过节读《一个人的朝圣》，没有读成，倒成了真正一个人在朝圣，朝圣那些古老的传统文化，感觉蛮有意思。

这算得很特别、很愉快的一个春节长假吧。

发朋友圈

我是个喜欢发朋友圈的人，有时一天能发几条，从不偷懒。发的内容，大多记录零星的琐事，写些感想或感悟。有时也转发些好文章，主要是自己想认真阅读，匆忙间先暂时发在朋友圈里，以免读的时候不好找。

爱发朋友圈成了一种习惯，间或有几天没有发，手就有些痒，心中也仿佛空荡荡的，没有了捞摸。女儿不喜欢发朋友圈，也不喜欢我发，她说：一个人怎么能把自己晒在很多人面前呢？你自己的事与别人有什么相干呢？她还说：如果你不是我爸，就因为你那些朋友圈，我就屏蔽你了。可是，女儿不清楚的是，我发朋友圈，最初的起因还是因为她。

女儿在很小的时候，也就是才开始学写作文的时候，常对我抱怨老师要求她们每周都必须写八百字的作文这件事，她感觉没什么可写的。我说："你不是和我说了很多学校的事吗？把你说的写出来，不就行了？"女儿说："那不是记流水账吗？"我告诉她，你首先要会写流水账，把流水账写出水平了，你大概就成了写作高手。就比如有部电视剧里有个叫燕双鹰的武林高手，他拿到任何东西都可以当武器，棍子、铲子，甚至吃饭的筷子等，都可以随心所欲地运用自如。其实写作是一样的，你看到的任何事情，读的任何一本书，听到的任何一句话，都可以随便讲出来，轻松写开去，久而久之，你就成了写作高手。

可怕的不是写流水账，而是端起架子写文章。还没开始写，就想语不惊人死不休。本来能说得生动活泼的事，结果半天写不出一个字来。怎么想的怎么说，怎么说就怎么写，我手写我心，自然能写出好文章。

当然，这其中最为关键的还是留心观察生活、记录生活和思考生活。遇到一些事，时时想一想，时时记一记是最好的办法。

我决定给女儿做表率，开始在QQ空间里写"说说"，因为这个"说说"是她可以通过手机看到的。我每天花半个小时写篇"说说"，记录了生活，整理了思考，给女儿做了表率，一举三得，何乐而不为？写了几天"说说"，感觉非常舒服，因为这是自己的文字，是非常纯粹的自己的东西；写"说说"，不为发表挣稿费，不去考虑报纸的要求，不去顾忌编辑的喜爱，不讨好谁，不遮掩任何不完美的东西，成熟的或者不成熟的思想，只要想说，就说出来，写下来。这是自己对自己说话，是我手写我心。写起来痛快淋漓，不写反而难受得要命。

有人说：说的好不如写的好，其实，说的好就能写的好。能说什么话就能写出什么样的句子。《安康日报》总编刘云先生曾说："写散文就是自己说话，还得是一个人自言自语。不能说胡话，说胡话是发烧；不能说鬼话，说鬼话是自己吓唬自己；不能说谎话，说谎话是自己骗自己；不能说大话，说大话是自己心虚；不能说脏话，说脏话是自己作践自己；不能说空话，说空话小孩子都瞧不起你；不能说官话，说官话是梦中自慰。要说人话，说人话父母亲可以听得，兄弟姐妹可以听得，朋友可以听得。如果陌生人也愿意听，那就是上上人话。"我感觉写QQ的"说说"，就是自言自语，自己对自己说话，如果连陌生人都愿意听，那就是上上人话，写成文章也一定是好文章。

就是这个原因吧，我一直坚持写QQ里的"说说"，后来，改用微信了，就在微信上写，发到朋友圈，记录生活和整理思考的目的基本达到，但始终没有带动女儿写。这或许是有代沟，或许是从事文科和学理科的人有着根本不同的思维方式。

从事文科，特别是从事写作的人，生活的积累很重要，不是你经历过就积累了生活，如果不记录、不整理，不在思考中发酵，那也仅仅是曾经经历过，是碎片化的，很可能会在岁月的浸泡中风化，被时光所埋葬。

一个人能够坚持写作，正是由于这个人的经历给他提供了支撑，赋予他表述的激情，并部分地完成了他对人生和社会的种种认识。人的经历像一个影子，不离不弃，终身陪伴，而朋友圈就像呈现影子的大地。

　　总有人说，深入生活是为了写作。这话对，但有些把生活与写作割裂开来的嫌疑。正因为我们生活着，才会有爱有恨，有成功也有挫折，有友情、有背叛，生活丰富多彩，才有了写作的欲望和激情。发发朋友圈，可以把生活的经历记录下来，把写作的激情保护起来。我不是专业作家，平时工作很忙，又有好几个社会兼职，哪有那么多时间写作？遇到感动或者气愤的事，偶尔泛起情怀或思想的火花，就急急忙忙地把它写出来，发在朋友圈里，等有时间了再写相关的文章，就如同少年时期，我喜欢收集各种糖果的包装纸，把它们夹在书里，闲了就拼凑出各种各样精美的图案一样。

　　我经常发朋友圈，不讨好谁，也不贬损谁，只记录自己的所思所想，无形中为文学创作提供了素材。何况发朋友圈本身也是参与生活。在互联网时代，朋友圈就是一个社会，就是一个生活的万花筒，不要说发朋友圈，就是看，也能发现很多美的或者丑陋的现象。我在朋友圈里所记的事、所看到的一些事和现象，后来便演化为一篇篇文章。其实创作不是写文章时才开始，创作是无时不在的。

　　如果你也喜欢写一些东西发朋友圈，或许能理解，很多时候，朋友圈照亮的就是我们的影子。

给贺天星将军写碑文

　　2013年4月17日，贺天星将军的女儿贺小凤女士从西安打来电话告诉我，她已和县民政局联系好了，准备将贺天星将军的骨灰送回紫阳安葬，想请我写个碑文。我当时很激动，就一口答应下来。虽然我从不写碑文，但是能给一位老红军、老将军、我笔下的英雄人物写碑文，是我的荣幸。我很兴奋，几乎一夜未眠，心就像汹涌的波涛一样久久不能平静……

　　贺天星是紫阳县瓦庙镇人，他1932年11月参加红军，1933年8月入党，在川陕根据地历经数十次战斗，多次负伤，是保卫苏维埃政权的红军英雄。1935年他跟随红四方面军两翻雪山、三过草地，参加了举世闻名的二万五千里长征，他是长征中走得最远的四百名红军战士之一。长征到达甘肃后，他参加了李先念同志领导的西路军左支队，多次击溃马步芳的骑兵，成功到达新疆。在新疆，他接受了炮兵技术培训；在抗日战争中，他参加了百团大战；在延安，他担任过炮兵教官、参加过南泥湾大生产运动。解放战争时期，他在东北组建炮团，担任东野五大主力之一的辽南独立师的炮团参谋长。他的炮兵指挥才能在辽沈、平津战役中发挥了重大作用。新中国成立后，他又率团入朝，参加了著名的上甘岭战役等。

　　贺天星同志在土地革命、抗日战争、解放战争和抗美援朝战争中立下赫赫战功，为中华民族的独立、解放和新中国的成立做出了卓越贡献。贺天星同志是紫阳地方史上一位有传奇色彩的人物。他十二岁被土匪强拉入伙，逃跑后又被国民党军阀抓丁，几经周折才走上革命道路。

由于少小离家，他从朝鲜战场回国后，虽十分想念家乡，却记不清家在何处！20世纪60年代三线建设修建襄渝铁路时，他看到规划图上有一个毛坝车站，感觉这里应该就是他的老家，于是在铁道兵的帮助下终于回到了家乡，见到了亲人。这是老红军贺天星同志的又一传奇。他是一位曾经找不到家的老红军。这样一位将军能够魂归故里，怎能不让人激动？给这样一位将军写碑文，又怎能不令人兴奋？

贺天星将军是1985年病故的。那个时候我还是一名中学生，也根本不知道我们紫阳还有这样一位传奇人物。然而，一个作者和他笔下的人物总是有某种缘分的，是一种十分神奇的缘分。2012年，我在档案局编写党史读物《红色记忆》，当写到土地革命时，就要写到贺天星；而写他，就要研究他。当时，我仅有的资料就是县志上几百字的人物小传。靠这点资料根本写不好一个历史人物的传记。在最初的几天时间里，我一筹莫展，根本不知道该怎么去写，绝望中准备根据现有资料简单编辑一下了事。可不知怎么搞的，我突然想到他名字中"天星"这两个字，难道他是三十晚上出天星（放鞭炮）时出生的？我查阅他的简历，果然出生在这一天。我好像进入了一种研究的状态，随后，又在另一份资料中印证了这个推论。我似乎有了一种和逝世多年的将军对话的感觉。在这种状态下，仿佛有一只神秘的手开启了我的智慧，我竟然想起十多年前看过的苏克之将军的回忆录里提到的一件事："我们从延安出发，前往东北，我和陕西紫阳人贺天星一起……"当时看到这里时，格外惊讶和亲切，原来紫阳也出过八路军，还能在书上看到。在那个图书匮乏的年代里，突然在一本书中看到写紫阳人，还是老八路，真的很震撼，留下的印象自然很深。只是十多年过去了，记忆早已将这点信息尘封，没想到这个时候记忆的阀门突然打开，我似乎找到了另一种路径：通过别人的回忆录来查找贺天星将军的往事。这样就有了他在东北建炮团、上甘岭战役等历史细节；一路考证下去，素材越来越多，终于写出了六千多字的《贺天星传奇》。文章很快在《陕西党史》杂志发表，包括《红岩春秋》在内的国内六家报刊相继转载。我通过原兰州军区，辗转多人，终于和贺天星将军的女儿贺小凤联系上，将文章发给了她，她也认为写得很好。后来，她专程来紫阳，我们见过一面，她在表示感谢时对我讲："文章中很多事连我都不知道啊。"这是对我辛苦工作的一种发自内心的肯定，我是查阅了数十万字的资料，阅读了大量的贺天星战友的回忆文章才写出这几千字的。我知道，贺小凤女士之所以请我为她父亲写碑文，是因为我研究过贺天星，了解他的生平事迹，更是因为我对她父亲无比崇敬。这是一种信任。带着这份信任，我当天夜里写出了第一稿碑文：

贺天星（1916—1985），瓦庙人，正军职。十六岁当红军，长征路上九死一生，八年抗战浴血奋战，东北建炮团，上甘岭上震敌胆。　传奇一生，后世敬仰。

紫阳县人民政府立

把这稿传给民政局，以为任务完成了，激动的心情慢慢平静下来。没想到几天后，一位副局长打电话找我专门讨论这件事。他们认为我写的碑文感情色彩太强了，因此综合各方的意见他们也写了一稿，是平铺直叙式的：生辰年龄一写，再简单写参加过土地革命、抗日战争、解放战争和抗美援朝战争，结尾还是用我写的"传奇一生，后世敬仰"。说实话，我当时不以为然，认为这样写太呆板，不具体也不生动，不能展现贺天星将军传奇的一生，也无法让人们透过一段碑文认识一位将军。但将军的墓地在烈士陵园，那里的碑文似乎有统一的形式和写法，所以我当时也不好说什么，毕竟这位副局长说得也不是没有道理。

当天晚上，我又失眠了。我思考再三，还是认为我写的内容更具体，写出了将军的传奇性。第二天早上一上班，我就找到党史研究室的方万华主任，详细汇报了这件事的前后经过，给他看了我写的碑文，希望组织能够支持采用我写的这个碑文——如何写贺天星将军的碑文，党史研究室最有发言权。方主任看后，果然支持我的意见，与我一起又重新修改了这份碑文，吸收了民政局方面的意见，并按他们在形式和字数上的要求予以定稿。

方主任和我一起到民政局找到这位副局长，表明了我们的意见。这期间我也给贺小凤女士去了电话，将情况通报给了她。她说她也看了两个版本的碑文，希望用我写的这个。她性急，说要给王晓江书记打电话，我说，还没有最后定稿，我们这会儿正在跟民政局协调，先不必找王书记。经过协商后，民政局最终同意了我们的意见，并再次共同修订了碑文，最后定稿为：

贺天星之墓

一九一六年十二月二十八日生，一九八五年二月七日病逝，紫阳瓦庙人，正军职。走完长征路，垦荒南泥湾，东北建炮团，援朝破敌胆。屡建奇功，后世敬仰。

紫阳县人民政府　立

二〇一三年五月

2013年7月25日，紫阳县民政局在东山烈士陵园隆重举行正军职已故老红军贺天星同志骨灰安放仪式，沉重悼念老红军贺天星同志。紫阳县民政局、瓦庙镇人民政府及贺天星同志的子女、亲朋好友共三十余人参加了仪式。我和方万华同志因为出差在外，未能参加。这是我平生一件非常遗憾的事。

和什托洛盖的春节

　　我的故乡在新疆和布克赛尔蒙古自治县和什托洛盖镇。这里居住着蒙古族、汉族、哈萨克族等十九个民族。不同民族杂聚的地方，春节的风俗自然是五花八门，可以说这里是一个自然的全国各地民俗文化展览馆，特别是一些因不同风俗相互杂糅而形成的不同于其他任何一处的独特风俗，不仅让人耳目一新，而且使人感叹文化融合的神奇力量。在我的记忆里，冰天雪地的春节，是一年中最快乐、最幸福的时光。

　　春节，是中华民族最重要的传统节日。汉族叫过年，蒙古族称白日，正月也称为白月。这是因为蒙古族人喜欢和崇尚白色。和汉族一样，蒙古族也非常重视过春节。我记得，和什托洛盖的春节很长。城市里过春节，一般只有几天，而这里从腊月到正月似乎一直是节日。回族、维吾尔族、哈萨克族等群众在春节期间也一样充满了喜悦，他们会在春节里到汉族、蒙古族等人家去拜年，分享节日的快乐和喜庆。

　　和什托洛盖的春节有几个高潮。腊月二十三，是汉族人的小年，也是蒙古族人的祭灶日——蒙古族人对火格外崇拜，认为火神可以赐给他们幸福和财富，所以在腊月二十三，他们祭祀传说中的灶神爷。与汉族不同，蒙古族人心中的灶神爷是女的，她的娘家在天上，蒙古语叫灶王奶奶。传说她一年三百六十五天都生活在牧民家，只有腊月二十三回娘家走一趟，汇报这家人一年来的所作所为。主人家为了让她上天言好事，回宫降吉祥，就拿最好吃的东西为她饯行——这就是祭灶。祭灶供奉的食品有冬季大雪和小雪之间的羊胸叉、奶油、炒米、红枣、葡萄干、红糖……这和我们汉族人祭灶虽有不同，但精神诉求是一样的。

　　春节期间，最快乐的是大年三十。这一天是所有人最开心、最放松的时刻。和什托洛盖人对过年格外重视，一般从腊月二十左右就开始做着过年的准备：打扫庭院，购买各种物品，准备大人小孩过年的新衣服等，腊月二十七八一般就开始准备新年的食物了。北方的冬季寒冷，室外是天然的冰箱。人们通常会准备很多的食物，春节期间因提前备好了年夜饭，所以三十这一天，忙了一年家务的女人们不必操心劳累，大人小孩们穿上新衣服都光鲜照人。大家在一起玩牌，或者和好朋友聚在一起喝酒聊天。蒙古族人在这一天晚上要拜年辞旧岁，初一早上再拜年迎新春，晚辈给双亲和长辈叩头、献哈达、敬酒，祝愿老人们身体健康，晚年幸福。无论是汉族，还是蒙古族，年三十晚上都其乐融融地守岁，几乎没有人睡觉。

　　在没有电视的年代，除夕晚上都是自娱自乐，中老年人有中老年人的玩法，打麻将、喝酒聊天；年轻人有年轻人的玩法，结伴串门，演节目或者成双成对看电影；孩子们有孩子们的乐法，放花炮、踢毽子或者互换糖果分享彼此的快乐……实在不愿意凑热闹的人，也会自找乐趣，安闲地度过一年最后的时光。

　　各民族的年夜饭也有不同的讲究。汉族因不同省份人的习俗不同，吃年夜饭的时间也不一样，有早上的，也有中午或者晚上的。每家每户都会在吃年夜饭前放一挂鞭炮，宣布年夜饭的开始。于是，从早上到晚上，和什托洛盖的鞭炮声此起彼伏、连绵不断，似乎要把冗长冰封的冬季炸醒。在物资匮乏的年代，人们总是千方百计地买到米和鱼，特别是四川、湖南人，早早从老家带来大米，精心储备到春节；鱼是北疆福海产的五道黑，味道鲜美极了。

　　蒙古族是在晚上吃年夜饭，吃年夜饭的时候一般不会有外人打扰，年夜饭比较隆重，主食为米饭，而且饭做得有多余，以保证吃不完。鱼也是不能少的，而且比别的菜做得更精细，因为这喻示了年年有鱼（余）。蒙古族的年夜饭通常在深夜吃，全家老少席地围坐在矮桌旁，桌上摆满了一盘盘香喷喷的米饭、肉食品、奶食品，还有糖、酒等，手抓肉在锅里冒着热气。矮桌上还供着一大张纸，上面用蒙文整整齐齐地写着祖先的名字，以表示对祖先的怀念。到了深夜的时候，大家就开始饮酒进餐，儿孙们依次给长辈敬酒，向长辈祝福。这顿饭要多吃多喝，因为食品准备得多，酒肉一般还要剩下一些，他们认为能剩下酒肉是一种吉祥富足的象征，剩得多就象征着新的一年富富有余。只是用黄油、红糖、白面混合烙成的大圆饼，每人只允许吃一口，意思是全家永远团圆、生活甜蜜幸福。这一夜，蒙古包里灯火辉煌、欢歌笑语，马头琴声不断。

大年初一拜年，和什托洛盖有极独特的风俗。成群结伙的孩子，不分民族，三个五个、十个八个的，挨家挨户去拜年。这种拜年，不限于亲友熟人，只要是汉族或者蒙古族人的家，孩子们都会礼貌地敲门，进门说声"过年好"，主人也会热情地接待，给孩子们分发各种食品，如瓜子、花生、饼干、糖果等，这种年节的风俗恐怕是其他地方没有的。从大年初一开始到初八、初九，大街上最多的就是孩子。他们穿着五颜六色的节日盛装，欢天喜地，成群结伙，每个人的口袋都装得满满的。在我的记忆中，即使零下二三十摄氏度，这种拜年也没有中断过。这是我记忆最深的、也是最亲切的一幕。它拉近了各族人民的距离，孩子们真的是天使啊！大人则比较拘谨，一般都是亲朋好友间走动。大人拜年，要坐在一起喝酒，而且绝不能只喝一杯。蒙古人讲究客人是两条腿进来的，所以喝酒要成双。

和什托洛盖的春节就是这样，你来我往，一直要过了正月十五，有的人家正月二十几还客人不断，一直到正月过完，人们还余兴未了，回味无穷。

孩子们过完寒假，一开学首先聊起的也是过年，聊过年和谁一起结伴拜年，哪一家给的糖果自己从没吃过，哪一家的麻叶子和馓子炸得特别香脆……虽然又过了一年，长了一岁，可盼望长大的孩子只有欢喜快乐，没有丝毫的惆怅。

我十二岁离开和什托洛盖，从此再也没有过过这样独特的春节。四十多年来，我常常在回忆中品味这人生中最亲切、最独特的春节，也是在回味中我才慢慢理解了为什么那时的和什托洛盖会有这么隆重而独特的春节。

为什么在春节的这一个月里，各族群众会如此密切地来往？原来每个民族的人们都从心底热爱生活，渴望交往，期望和谐相处。只是平时忙于学习、工作，而那个年代生计太苦太累，过年算是上天给人们的一种补偿，它可以让各族人民把欢乐和美好集中在这一个月，尽情地享受生活，共度美好时光。

几度春风几度城

　　我到新疆，到和布克赛尔城，不是去旅游，而是因为多年来心灵深处的一种呼唤。这种呼唤源自一种信念或者说偏执：我一直认为一个人一定要在有生之年回到自己的出生地看看，那里才是真正意义上的故乡。我出生在和布克赛尔城，两岁时随父母搬到乡村，小学毕业后，又回到这里待了近两年时间，再后来，又随父母回到老家，这次一去五千里，一别四十年，在不同于塞外风光的巴蜀小城生活了四十个春秋。塞外小城和布克赛尔就一直萦绕在我的梦中，成为一种怀念和向往。

　　今年秋天，我终于回到了魂牵梦萦的故乡。说来也怪，我所住的振兴酒店是从来没到过新疆的女儿在网上预订的，没想到这个酒店旁边的院子正是我的出生地。当然，这是我后来才发现的。我住进宾馆，顾不上休息，就强压住激动的心跳投入小城的大街小巷，寻找记忆深处的故地。说实话，虽然回到出生地、回到故乡，感觉却是到了一个全新的地方，根本分不清东西南北。高大的楼房，绿树成荫的街道颠覆了我的记忆。我是在改革开放前离开这里的，那时候小城大多是平房，有一两处楼房，高也不过两层。街上没有多少汽车，多的是骆驼和马，三三两两地拴在街边的电线杆上，或者由牧人们牵着穿过街道，走向茫茫戈壁……而此时，一辆又一辆小汽车缓缓驶过宽阔的街道，蓝天白云，阳光灿烂，被绿树装扮的小城清新而美丽。

　　记忆中小城的街道呈"干"字形，只有一个十字街口，横着的是前街，是小城最繁华的地段。那时的小城只有前街和后街：前街分布着机关学校，是水泥硬化的路面，非常宽阔；与之平行的后街则是土路，坑坑洼洼，街边有喇嘛庙和王爷府，虽然是楼房，但很破旧，喇嘛庙里没喇嘛，王爷府住了几户居民，好像成了公房。因为后街偏僻，我很少去，记忆深刻的只是前街。

我向城中走去，没多远就到了一处十字路口，我强烈感觉这里就是记忆中的十字街口，虽然面貌全变了，根本没有了记忆中的那些建筑，但朝北的街道是上坡，这个地势非常熟悉，是我梦中常常徘徊的地方。我心里生出无限温暖，脚下似乎踏到了实处，原来记忆重叠的地方竟然是故乡的地势地形：路牌会变、街名会变、住户和机关单位可以迁移，但地势地形不会变，那是我踏过数百次的土地。然而，我却又不敢确认，认真打听了一会儿，证实这里就是最老的十字路口，而我走过的地方竟然有我出生的院落，顿时，那袭上心头的暖流涌遍全身，在我的每一个毛孔里绽放。

载着幸福的心情，我从十字路口一直向东，走到母校旧址，记忆中的母校只是一个被土坯墙环围的几排平房和操场，围墙残缺不全，穿过东边、南边的缺口，就是茫茫戈壁。而眼前的学校楼房林立，绿树葱茏，漂亮的围墙将其围成了一个独立的空间。记忆中学校东边有条小溪，跨过溪水就是乡村，属"团结公社"管辖；那时的乡村只是散落在戈壁滩上的星星点点的土坯房，记忆中偶尔会传来鸡鸣狗吠之声，还有袅袅炊烟……现在小溪不见了，代之以宽阔的街道。这里又有一个十字路口，而原来的乡村完全划入了城市，城市向东边的戈壁滩延伸，拓展着空间。奇怪！溪水去了哪里？那可是好几米宽的河道啊！一位蒙古族大妈告诉我，这里埋了管道，溪水从大街下流过。她指着不远处说："那是从前溪水上的桥！"我很惊讶，原来的桥成了十字街口中心的交警指挥台，继而她自豪地说："我们这儿变化大吧！"我沉默了，对于一个离开了四十年的人果真要感叹这翻天覆地的变化了。

站在新十字路口，北面的江格宫吸引了我。我从网上得知江格宫是近年来修建的文化艺术宫，集纪念馆、艺术馆、博物馆于一体，利用声、光、电等现代科技，将蒙古族的历史和民俗文化有机整合，打造出一个充满史诗感的展览空间——和布克赛尔城是蒙古族史诗《江格尔》

的发源地。《江格尔》是蒙古族卫拉特部英雄史诗，被誉为中国少数民族三大史诗之一。它长期在民间被口口相传，经过一代又一代人，尤其是演唱《江格尔》的民间艺人江格尔奇的不断加工、丰富，最后成为一部大型史诗。史诗歌唱保家卫国的英雄、勤劳智慧的人民和幸福和谐的家园宝木巴，是首批国家级非物质文化遗产。和布克赛尔城历史文化厚重，当地政府打造这样的艺术宫实在是大手笔。我在这里盘桓很久，还观看了电影《江格尔传奇》，少年时代受到蒙古族文化熏陶的记忆突然被唤醒，出了艺术宫之后，回顾那高大的蒙古包式的建筑、宽阔的广场，以及远处的草原湿地，脑海里浮现的是蓝天白云、骏马奔驰，我仿佛成了《江格尔传奇》的英雄。

后街，这个我印象中灰尘满天、破破烂烂的地方完全变了！我惊讶于那座孤零零的喇嘛庙变得美丽壮观，被众多庙宇环绕着，成为藏式建筑群落：金碧辉煌的殿堂、转动的经筒，四面八方来朝圣的信徒们等，承载着博大精深的佛教文化。记忆中的蒙古族王爷府也被整修一新，绿树草坪环绕，各色鲜花盛开，点缀出充满诗意的景致。走进院落，就仿佛走进鸟语花香之中，谁说春风不度玉门关，塞外小城，即使在深秋，也氤氲在春意中。

后街非常热闹，似乎代替了前街曾经的繁华，接踵而至的各色服装，各种语言令人目不暇接。王爷府对面有美食城，在这里能吃到各种新疆名小吃，还未进门就能闻到那熟悉的香味。我记忆中偏僻的后街成了旅游街、文化街，成了和布克赛尔最繁华的地段。想要了解和布克赛尔的文化就到这里来；甚至想要了解蒙古族文化、历史，也要到这里来。一座小城，构成了特色鲜明的历史名胜；一条街，构筑起别具一格的生态环境，能够把自然与民俗，甚至历史文化巧妙融合，给和布克赛尔增添了独特的魅力。

在和布克赛尔城的最西边，跨过一条溪流就是草原。在这里可以欣赏到"风吹草低见牛羊"的自然风光，也让我明白了这座城市为什么是向东拓展，因为东边是戈壁滩，无论怎么开发都不会破坏草场湿地。

我沿着弯弯的小溪走向小城的南边，这里有整齐的树林在城市的南部延伸，像一道绿色的屏障，记忆中这里曾是无边无际的戈壁滩。戈壁沙滩变良田，戈壁沙滩也自然能够变出成片的树林，这是故乡父老乡亲的理想和使命，于是小城三面环绕着树木、草原和湿地，难怪没有了记忆中的风沙，那种西风漫卷、黄沙铺天盖地的场面，曾让我倍感恐惧，曾迫使我逃离这里。

想起十岁时和父亲的一次对话，那次我从外地回来，抱怨这里风沙大、房屋破旧，父亲说："这已比从前好多了，我年轻时来这里，还没有一间砖房，烧的也是牛粪，外面北风呼啸，我还得拾牛粪烧火呢！"那是艰难困苦的岁月，经过几十个春秋的轮回，和布克赛尔变得美丽富足，人们生活更加幸福，真是几度春风几度城！

回到宾馆，已是夜晚，我很快睡了，睡得很甜，仿佛睡在摇篮之中，踏实而舒心。这或许才是回到故乡、回到出生地的感觉吧。

欲问孤鸿向何处

我很少和别人谈到故乡这个话题。故乡对于我来讲，是一个十分沉重的话题。

我出生在新疆的和布克草原，如果说出生地即为故乡，我的故乡应该在那里。然而我十二岁就回到了我的老家陕南的汉江边上，这个时候我对于草原故乡还处于一种懵懂的认知。而作为正统的观念，老家是祖祖辈辈生活的地方，是我的根，应该是我的故乡吧。

后来，我在汉江边上生活了四十年，自己也把这里当成了故乡。四十年里，我大部分时间在收集整理老家的历史文化，我比土生土长的乡亲们更了解老家的历史文化。然而，在我的梦境中往往出现的是新疆辽阔的草原，可待在一起的人是陕南老家的人，或者在汉江上航行，同行的人却是小时候新疆的伙伴。有时候梦里的汉江水流淌到和布克草原的深处，而草原上的骏马却奔驰在陕南的崇山峻岭中。北疆与陕南，层层叠叠，交织得难舍难分。这种重叠的梦境，常常折磨我，在午夜梦回中令我不知所措。

一个是北疆的和布克草原，一个是南方的大巴山区；一个在西北之北，一个在西北之南；一个地方冬天白雪皑皑，一个地方冬天也常常是烟雨蒙蒙。无论是环境气候还是地形地貌，似乎都风马牛不相及。然而生活在大巴山区的青山绿水之间，时不时地勾起我对生我养我的那片草原的记忆，常常令我生发出"欲问孤鸿向何处，不知身世自悠悠"的感慨。

真的，几十年来我就是这样度过的。有时候，我真的感觉自己是一个没有故乡的人，或者我的故乡是印象中的叠加——是北方草原和南方山地的叠加，是呼啸的北风和南方的烟雨朦胧的叠加，是挺拔的胡杨树和漫山开遍的映山红的叠加。

在老家，我常常和这里的人不一样。我一年四季都敞开衣服，很少扣上扣子，这是由于我小时候吹惯了北风，对南方和风细雨的一种反抗。我身上常常长着类似青春痘的小痘痘，这些疙疙瘩瘩的痘痘是湿疹，是我习惯了北方的干燥，对南方的潮润不适应的体现，害得我常常去医院看病。还有语言，在新疆讲普通话，回到陕南四十年，却被老家的方言同化，最后既讲不好普通话，也讲不来老家话，有些南腔北调了。

比身体和生活上的不适应更加严重的是，我的灵魂总是游荡在遥远的和布克草原，扎根在童年的小屋里。烦躁的时候，我会想想草原上的蓝天白云，心情就慢慢好了起来。我喜欢唱歌，唱草原的歌，特别是刀郎的歌，似乎想从歌声中找回那一抹乡愁。每当唱到："天边归雁披残霞，乡关在何方"时，我的眼睛总会湿润。

女儿出生在陕南老家，上大学前很少离开过老家，对新疆、对草原全无感觉，对我的这种草原情结也很不理解。高考填报志愿时，我说："报新疆的大学吧？石河子大学就很不错。"她对着地图一看，轻声说："好狠心啊！"那一瞬间我想哭。女儿是说那里太远了。也是，这么远的路，让一个女孩子独自去求学，实在不近人情。我只好遂她的意让她填报了邻省的一所大学。

女儿说："你喜欢草原，经常去看看不就行了嘛。"可真是这样吗？人到中年，生活工作的繁忙不允许我经常去看看。何况年过半百，岁月已磨平了我的激情，外面的世界再精彩，也不会说走就走吧。去一个地方看一看，和在一个地方生活一段时间，两者的差别是何其大：看一看，能够带来一丝喜悦；而在一个地方生活，才会有岁月的温度，才会有难以割舍的情感。

为了那一丝的安慰，我也努力去经常看看——每隔几年，我总会回一次新疆，回一次和布克草原。然而，几十个春夏秋冬之后，故乡离我越来越远。早些年，回到我童年生活的地方，虽然街道变了，很多人也不认识了，但一些地方总留存着旧址或旧物，能抓住那些破碎的"旧物"，就能还原记忆，心里就会踏实，至少我是有故乡的。后来，故乡的变化越来越大，几乎已经找不到记忆重叠的地方了。

最近一次回故乡，在和布克街头，我和别人谈论这里原来有一个电影院，我站立的地方应该是电影院的后墙。一位老者说："后墙还在你前面几米处，你站的地方还不是后墙。"老人在这里生活了六十多年，他的话大家都信服。相互攀谈，知道他居然是我父亲的战友。老人问我住在哪儿，我指了指对面的宾馆说，就住那儿。老人黯然，似乎自言自语地说："嗯，你二姨也不在了。"二姨已去世，姨父搬到了乌鲁木齐，表弟和表妹也在其他地方工作，我在这里已没有亲人了，只能去住宾馆。那一刻，我突然很伤感，一个人回了故乡，连家都没有了，还算是故乡吗？更要命的是，我在南方生活了几十年，已不太适应这里的气候，没有到送暖气的时候，半夜醒来，竟然感觉到冷，有些"罗衾不耐五更寒"，更感叹"梦里不知身是客"。

那一刻，很想念女儿。女儿是在陕南的小城里土生土长的，上大学前一直生活在那里，和我不一样，她应该是有故乡的人。然而，我知道，她不会再回到那个陕南小城，毕业后，也许北上广，也许其他的大都市。与现在所有年轻人一样，北漂？南漂？这又让我想起"欲问孤鸿向何处，不知身世自悠悠"的诗句。虽然有些凄凉，但我还是很羡慕她。至少，她是有故乡、有乡愁的人，至少回来了还有家，还有老父的等待和盼望的目光。

很多时候，故乡，乡愁，就是那些化不开的亲情。

铁皮棚里的爱情

　　我走得次数最多的街道，就是老家小县城的紫府路，住了四十年，走了四十年。从这条街开始修建，到它成为小城最繁华的街道，几乎天天走，有时一天要走几个来回。把所有走过的里程加起来，恐怕能绕地球一圈了。春华秋月，从少年走到老年；从最早的坑坑洼洼，走到后来一次次的硬化；从街边只有几家店铺，走到后来店铺林立；从只有几盏路灯，走到如今每个晚上灯火辉煌，这四十个春花秋月，能记住的事太多了，然而，记忆最深的还是20世纪80年代这条街上大大小小的铁皮棚子。

　　铁皮棚就是用三角铁和铁皮焊接而成的简易棚子。窗户是活动的，放下来就是柜台，合起来像一间小房子。墙壁焊接成货架，用来陈列商品。房间面积一般不大，勉强能放置一张小钢丝床。这些铁皮棚散落在街道两边，与周边的高楼大厦形成鲜明的对比。小小的铁皮棚，却是很独特的，一看就知道是个体工商户的谋生之所。这些散落在街边道旁的铁皮棚解决了很多待业青年和城市居民的就业和生计，是当时小县城里最富特色的街景。铁皮棚狭小、低矮，放到今天可能惨不忍睹，二十年前终因有碍市容市貌被强行拆除了。然而，就是这样的铁皮棚，顽强地留在我记忆的深处，常常出现在我的梦中，挥之不去。其中的一间，和我的一段感情历程相关，那是一段青涩的感情，伴随了我的青春岁月。

　　那间铁皮棚在紫府路的中段，背靠当时的农贸市场。店铺的主人是我母亲的朋友，而店员是她的侄女。因为我母亲每天将买的蔬菜寄存在这家店里，由我拿回家，一来二去就认识了这个女孩。我记不得她的名字，因为我每次去就问："哎，我取我妈放的菜。"开始她默默地把菜篮子递给我，什么也不说。终于有一天，她生气地说："我有名字，不叫'哎'！"我立刻感觉脸发烧，强词夺理地说："我以为你姓艾啊！"旁边有位顾客笑着说："就是姓艾，你也不能这么叫啊？多亲热啊，别人还以为你们是一对。"这下不仅我脸红，她也像喝多了酒，满脸通红，连耳根子都红红的。我急忙提着菜篮子走了。但此后，我就调皮地叫她"小艾"了，她也不再说什么，相反两个人更加熟悉了。有时我从她那铁皮棚路过，她会叫我帮她照看一下店铺，或者帮忙搬运一下所进的货物。当时的县城，还延续着古老的乡市传统，只有在逢场的时候生意火，比较忙，其他时间只有三三两两的顾客。因此，我们也常常在一起聊天，像是极好的朋友。不忙的时候，她喜欢看书，于是借书的任务就交给我了。我也曾和她一起挤在低矮的铁皮棚子里看小说。好像是琼瑶的《月朦胧鸟朦胧》。看得投入了，头挨头，也没感觉有多难为情，相处非常愉快。

那段时间我高中刚毕业，没有考上大学。那时的高考就是千军万马过独木桥，我也并不热心高考，只想等个招工招干的机会，早点工作。那个年代有个名词叫待业青年，指的就是我这类人。可是从夏天到冬天，一直没有等来招工招干的机会，我整天无所事事，就经常跑到小艾这儿来打发时间。说来也怪，我在学校里很少和女生来往，但跟这个小艾却交往得如胶似漆。我那年十八岁，纯洁得像一张白纸，只是感觉和小艾在一起好玩、很愉快，没有任何其他的想法。突然有一天，母亲对我说："市场那个女孩说你是追女孩子的高手！"母亲是随意说笑，却在我心底扔下了一颗炸弹，我有些不知所措。我情商很低，但智商绝不差。我隐隐约约感觉小艾是很期待我追求她。母亲的一句闲话，让我的心情复杂起来，我和小艾之间开始有些不正常了。我甚至很害怕，然而又更加渴望去她那个铁皮棚了。我陷入了一种苦恼的境地。晚上出来散步时，只要走近她的铁皮棚就停下脚步，远远地观望而不敢走过去。刚好她的铁皮棚子在路灯底下，我清楚地看到她忙进忙出，却始终没有勇气走近。那时的冬天很冷，我站在她看不到的黑暗中，冻得浑身发抖，却不愿意离开。《诗经》中说："所谓伊人，在水一方。"而对我来说，所谓伊人，就在那间铁皮棚里，而中间却隔了层层的夜幕。

此后有很长一段时间，我都处在一种患得患失之中，有时感觉自己应该去找她，有时又感觉她并不一定希望我追求她。在犹豫不决中，我做了一件很可笑的事：我跑到新华书店，想买一本类似如何谈恋爱的指导书。找了半天，找了一本《婚恋心理学》，如饥似渴地读了起来。我希望有正确的理论指导，然而对照此书，使我更犹豫不决了。比如书上讲："如果对方和你说话时常常脸红，那一定是爱上你了，渴望和你交朋友。"而我认真回忆了好几天，也没想起她和我说话有几次是脸红的，便感觉她并不爱我；又比如书上讲："如果对方常常在别人面前提及你，那一定是爱上你了。"我又认真思考了几天，好像她除了和我母亲提及我，也没有和谁常常说到过我，便更不能下决心了；再比如书上讲："如果对方和你说话的时候，两眼发光，那一定是爱上你了。"我感觉好像她和我说话的时候，确实有点眉目传情，可爱至极，又便跃跃欲试，但很快被书上的另一种说法否定了，便又垂头丧气了。不读书的时候，我便画画，常常画她的模样，感觉她是天下最美的人，又感到自己太普通了配不上她。在煎熬中，我突然想去考大学，心想考上大学就可以追求她了吧，巧的是我遇到了我高一时的班主任徐老师，当时是学校的教导主任。他对我说："你可以来学校复读，再考一年。"于是我又回到学校复读。那两个月，我每天绕路去学校，刻意不从她的铁皮棚前过。两个月后，我奇迹般地预选上了，更加坚定了我的信念。

我专心备考，偶尔会在晚上休息的时候，悄悄地到她的铁皮棚附近转悠。除了远远地观望，一次也没有走近过。我想：等我考上了大学，就有勇气面对她，追求她了。我把对铁皮棚的向往压在心底，起早贪黑地复习功课。铁皮棚前那微弱的路灯，成了我生活的信念。然而高考的结果是我以两分之差名落孙山。这结果使我一蹶不振，终日郁郁寡欢，足不出户。这期间小艾来过一次，听到她的说话声音我就蒙头装睡。我母亲推过我的门，也叫了我几声，但我一直装睡，装睡的人是喊不醒的。我竖着耳朵听她们拉闲话，东一句西一句，不是菜涨了几毛钱，就是哪种衣服的款式好看，听着听着我就真睡着了。一觉醒来，夜幕降临，客厅里早已没有了声音。我悄悄地起来，一个人去紫府路散步，在她的铁皮棚子附近转悠。她已收摊关门了，可铁皮棚前那盏路灯一直亮着。微弱的灯光在夜晚的微风中摇曳，有些令人眩晕的感觉。我的心跳得厉害，走得近了，清楚地听到她酣眠中均匀的呼吸声，我的手抚摸着那一层铁皮，但始终没有敲门。

我回到家里，继续浑浑噩噩地度日，忍受人生的挫折和思念的煎熬。突然有一天，教育局来了个干部让我填表，他说："你可以去上大学，高考成绩下延两分，但要服从分配，你不能学中文，只能学会计。"我想我一个落榜者，哪有什么选择的权利，我高高兴兴地填好表，匆匆忙忙就跑去找小艾。然而，小铁皮棚已经换了个女孩，她正手忙脚乱地招呼顾客。我等了好一会儿，才嗫嚅地问："原来那个卖货的女孩呢？"她看了我一眼说："那个女孩的父亲病了，她回去照顾她父亲了。"想起小艾前几天到我家，是否就是想告诉我她要回老家去了呢。我心里隐隐作痛，默默无言。当时太年轻了，总以为她只是回去照顾有病的父亲，是暂时的，还是要回来的。很快，我就去上学了，新学校的生活让我暂时忘记了她。寒假回来，专门去那间铁皮棚，还是没有看到她。暗自嘀咕她父亲的病怎么还没有好呢？暑假回来，在家里待的时间长，天天从铁皮棚前路过，每次都情不自禁地往里看，总是不见她的影子。心想：她父亲得了什么病？怎么这么长时间还没好呢？又过了半年，再次回来的时候，街上所有铁皮棚子都消失了，一夜之间整个街道变了模样。一打听，才知道是整顿市容市貌，紫府路上所有铁皮棚都被强行拆除了。我一下子感觉自己像丢了魂一样，心里空荡荡的，很长时间缓不过劲来。

回到学校后，我一直闷闷不乐，整天没精打采。几个爱看武侠小说的室友看过《天龙八部》中西夏公主招驸马一节，他们开玩笑似的照搬公主问虚竹的三个问题问我："你一生最快乐的地方在哪儿？"我不假思索地回答道："在一个低矮的铁皮棚里！"他们又问："你一生最爱的人叫什么名字？"我说："我也不知道她叫什么名字。"他们以为我看过这本书，故意这么回答的，便打趣说："她叫梦姑吧？"其实我说的都是真心话。后来我专门看了这本书，才知道他们为什么说她叫梦姑。相比我来讲，小说中虚竹是幸福的，至少他常常梦见过，还有梦姑这样一个美丽的名字。而我，从来没有梦见过她，也真不知道她叫什么名字。甚至搞不清楚，我和她之间是否有过爱情？

我后来曾见到小艾的婶婶，鼓起勇气向她打听小艾，她婶婶白了我一眼说："她嫁人了，你是'大学生'，她配不上你！"我当时既震惊又难受，也第一次确信小艾真的爱过我，而且我和她的事也并不是什么秘密：包括她婶婶在内的很多人都知道。让我痛彻心扉的是，我所有的努力只为了能配上她，然而努力的结果却让她感觉她配不上我。这样的结局是我始料未及的，这样的初恋让我哭笑不得。

几十年过去了，我一直耿耿于怀。虽然我几乎忘记了她的模样，想不起她曾经说过的话、做过的事，然而她总是扎根在我记忆的深处。她的气息总是弥漫在我的身边，仿佛伸手就可以触摸到。想起她，温暖就袭上心头。无论结果怎么样，爱或者被爱都是人生最温暖、最美丽的风景。

前年冬天，有一次我在乡间采风，在一个偏远的小山村又一次看见了那间熟悉的铁皮棚，我可以确信就是小艾的那间，虽然已铁锈斑斑，虽然已破旧不堪，孤零零地被遗弃在荒山上，但是我太熟悉了。我不知道这间铁皮棚怎么流落到这荒郊野岭来了，也许那次县城整顿市容后铁皮棚便流落到了乡镇，之后又辗转到乡村，在不断为人们挡风遮雨后，完成了使命，归于宁静，或许这就是她的宿命。然而，她曾经有过的繁忙或际遇便成了永恒的风景。我抚摸这间铁皮棚，恍然如隔了一个世纪。佛说：前世不相欠，今生不相见。其实，人这一辈子，彼此能够遇见便是缘分，便是前世的虔诚和期盼。其实爱是流淌在人世间的真诚与善良，如诗如梦……虽然美丽的诗和美丽的梦一般总是可遇而不可求的，但只要曾经有过、爱过，就有岁月可回首。

抚摸这锈迹斑斑、冰冰凉凉的铁皮棚，油然而生的却是一种温暖、一种幸福、一种甜蜜。于是，在冬日的余晖中，我把往事里那淡淡的哀愁，眉间的那一弯思念，轻轻地熨帖在我的思绪里，流露在我的笔尖，向苍天和大地倾诉。

行走

我在大地上行走，阅读城市和乡村，像一株草，贪婪地吸收养分。抵达时光的深处，也抵达了我的梦想。

陆地上的 “小岛”

　　我从来没有见过这样一座半岛，它三面环水，却又不在海边。也许没有人会相信，在崇山峻岭间，在千山万壑中还有这样一座半岛。汉江在这里拐了一个 “U” 字形的大弯，不，比 “U” 字形更大的弯，准确地讲，这个 “U” 字形的口都快要封住了，才造就出这样一个独特的小半岛。这个地方叫农安，是秦巴山中的一个古村落。

　　第一个发现这个村子像一座半岛的人不是我，而是两千多年前的汉高祖刘邦。他讲得更形象，说一座山像一条巨龙奔向汉江，就一头扎进了水里，龙入了水，便安逸了。所以，这个地方最早的名字是刘邦起的，叫龙安。讲究风水的皇帝便在这个小岛的对面修筑了一座小城，这就是与农安村隔江相对的汉王城。

　　当然，这只是个美丽的传说。刘邦在这里筑城的真正原因是：这个地方为 “川陕咽喉、接湘鄂之要地”，如果没有防守，楚军就能沿江而上 “直捣黄龙”，攻陷他的大本营。因此，他派大将郦食其在此驻守后，才放心去与项羽逐鹿中原。

　　汉王城现在是一个集镇，是镇政府的驻地，而农安村就在镇政府的对岸。一江之隔，两番气象：一边是宽阔的街道，楼房林立；一边是 “龙头” 一样的山丘上葱绿叠翠；一边车水马龙，人声鼎沸，而另一边则幽静深远，鸟语花香。地球亿万年的运动，造出了今天农安村的这个半岛地形——来自四川的山脉，浩浩荡荡向北方奔跑，至此戛然止步。有山便有林，密集的森林将小岛变成了绿色的世界，而绿色又托起了蔚蓝的天空。

我到农安不是来旅游的，是因我所工作的紫阳县政协包联帮扶这个村，才数次踏上这座半岛。每次踏上这里，我都感觉脚下的泥土是那样松软，似乎不是行走在山石上，而是行走在肥沃的田地间。这是个古村落，这里的林木沐浴过汉唐的阳光，这里的土地吮吸过宋元的露水，似乎我一动步，就能触碰历史，叩动远去的时光。

这里的农舍大多掩映在翠绿之中，直到走近了才能看清房屋瓦舍的宽敞与高大，让人分不清是农家在守望着绿色的山峦，还是绿色在守卫着农家的安宁。县政协派到这里的扶贫干部、驻村第一书记田波告诉我："这里的人很勤劳，家家户户都栽培了各种各样的果木；这个地方也很奇特，似乎什么样的果木都能生长；这里地处南北过渡带上，南北物种汇集，似乎又成了天然的物种博物馆。只可惜，这里交通落后，今天依然是需要攻坚的贫困村……"

农安村的厚重，是因为这里有一座红军墓。这座红军墓是土地革命时期产生的红色遗址。红军曾在这里战斗过，留下了很多故事。因此，农安村是革命老区村，近年来，有很多游客自发到这里来探询红色革命史，其红色旅游潜力巨大。

也正是这个原因，我们县政协的康树民主席多次派我到农安村挖掘那里的红色历史。按照他的设想，农安村在搞好产业建设和生态文明建设的同时，开发红色旅游，不仅能脱贫，还能够早日实现乡村振兴。他用四个字概括农安村的核心资源，就是"红魂绿魄"。红色精神是农安村的灵魂，绿水青山是农安村的无穷魅力。

深入农安村，才发现这里是一片红色的热土。这里不但有一座传奇的"红军墓"，还诞生过全县最早的农会，是全县最早开展土地革命的地方，而且红色基因代代相传。红军长征后，这里的群众曾掩护了大批红军家属和地下党员。新中国成立后，村民张尔第带头组织互助组和农业合作社，并在全县率先推广使用新式牵引犁，大搞科学种田：他首创一年四熟制（两季洋芋、两季苞谷）亩产达1000公斤；他改革老式炉灶，推广省柴风火灶，方便群众生活；他创办农民夜校，亲任校长，扫盲成效显著。张尔第领导的合作社被树为陕西省的典型。1958年他出席全国建设社会主义青年积极分子代表大会；1960年，他被陕西省农业科学院研究所聘为特约研究员。虽然他早已离世，但他的精神却依然在农安村村民心中镌刻。

我们县政协驻村的第一书记田波，和我在一个办公室工作，年龄比我小，个头比我矮，但却非常吃苦耐劳。他到农安一年间，常常一住就一个多月。老婆孩子都在城里，只有等周末或放假时来这个孤岛上看望他。他一来这里，就挨家挨户摸情况，动员能人大户成立茶叶、果蔬和养殖合作社，通过土地流转、劳务用工等增加了农民收入。

驻村刚一年多时间，田波和村民建立了深厚的友谊。一位叫武道斌的村民父母离世早，老屋早已垮塌，一直是一个人在外务工，好不容易在外娶了媳妇，却无处安家，拖着两个娃，生存实在艰辛。田波得知他的情况后，跑前跑后帮他落实移民安置政策，使他安定了下来；可有了住所，今后的生活来源又成了问题，武道斌陷入了迷茫之中。这个情况引起了田波的深思：农安村还有很多因缺少劳动技能而无法脱贫的村民啊！田波想起了在榆林开修脚店的县政协委员吴世恩——他不就是因有了修脚技术而脱贫致富的吗。他联系吴世恩，请他回来办起了修脚培训班，第一期就培训了一百多人。武道斌就是在田波的动员下参加了这期培训班，学到了一技之长，又与吴世恩签订了劳动用工合同，此后，他每月都会有约三千元的收入。这样，媳妇在家操持家务、带孩子，孩子在汉王镇接受教育，武道斌一家真正安居乐业了。

只有深入农安村，才能真正懂得这座小岛上的"红魂绿魄"：一个古村落，固然有说不完的故事，其自然、历史、岁月的沉淀，是这个古老村落得以光彩照人的根本，然而，更为重要的是，这个村一直赓续传承着一种精神——从红军战士到劳模张尔第，再到驻村第一书记田波，都坚守着那种一心为民、让农民安居乐业的精神，这就是农安村红色的魂。

我曾站在农安村的最高处——一个叫魔芋包的山冈上极目眺望，远处是连绵起伏的群山，脚下是奔腾的汉江，近处绿树摇曳、芳草连天，我仿佛沉浸在如梦似幻的仙境中。

田波指着对岸的汉王镇说：只要架通跨汉江大桥，打破农安村的交通瓶颈，这里就能完全脱贫！农安三面环水，形如半岛，做旅游也是很有希望的！

江边，桥梁建设的工地上，机器轰鸣，工人们正忙着施工，村民们自发地帮忙，不久后农安村将不再是一座孤岛！难怪大桥开工那天，农安村家家户户点燃了鞭炮，村民的微信群里也下起了红包雨，人们是用这样的方式表达欢天喜地之情，要知道这可是几代人的渴望啊！

我问田波："这个村子的原名叫龙安，为什么不改回去呢？"他摇头说："农村安好，村民幸福，也挺好的！"我恍然大悟：从"龙安"到"农安"，不单是自然地名的变迁，还有扶贫干部对理想信念的引申。

远处，江面上白帆点点、汽笛声声，机船来来往往，来去都是满载，脚下的汉江水，也随之奔走得更加紧迫，流向远方……

悠悠古村落，滔滔汉江水，一个村落和一条江水，在新时代，会发生更多可歌可泣的故事。

洞河水乡

汉江曲曲折折地穿行于秦巴山中，经崇山峻岭，过紫阳县城，在城东10公里处，江面突然开阔，烟波浩渺，轻舟荡漾，呈现出一派迷人的水乡风光——这就是洞河水乡。

洞河水乡奇特无比，绿水托起群山，群山则拱卫绿水。汉江将洞河的镇域面积平分为两半，一半青山，一半碧水，东南角的洞河、汝河汇入汉江，西北边两条溪水奔流而来，积成深渊之势，平添了几分恢宏与秀色。不同于江南水乡的婉约和平静，洞河之水柔美却又活泼，依偎在大山的怀抱，水借山势，山水相间，水中有山，山间有水，比江南水乡多了些立体的感觉。那些大大小小的沟壑，使汉江水盈灌于翠绿的山间，形成星星点点的山间汉湖，把每一座山、每一棵树都染得红红绿绿，扯一把山间的云彩，似乎也能捏出一捧水来。

洞河是水乡，是北国的水乡，是群山环绕的水乡。诗人是这样形容的：

　　　　水在山下

　　　　山在水中

　　　　船在水面滑过

　　　　却又在山上奔走

　　　　白的羊群

　　　　一会儿

　　　　在山上咩叫

　　　　一会儿

　　　　在水里沐浴

一

驶一叶扁舟，荡漾在洞河的水乡。两岸青山，重峦叠嶂，青砖泥瓦的江南式民舍、板石建构的新式农家小楼交相辉映，展示出一派祥和的情调。

如果不是身处青山绿水之间，如果不是水乡的气息弥漫在山间，我真怀疑自己到了祁连山，或是六盘山中。与"风吹草低见牛羊"不同，这里是独特的"风吹草树掩牛羊"，是北方的南国水乡，是北方的江南。

山有北国风光，水似江南秀丽。也许走遍中国、走遍世界也找不到这样独特的古镇。也许是独特的地理位置和人文环境，二百多年前，当江南的居民因战乱迁移到此时，另一群北方的回民也因战争迁移此处。他们不约而同地将洞河镇这片富饶的土地作为自己生息繁衍的家园。江南人带来了江南的文化，江南的民俗，他们用青砖泥瓦、红木圆柱，在江边依山建筑起自己的家园，用江南的生活方式修水田，建橘园，造船捕鱼，使这里成为一个鱼米之乡，一个独特的"金钱橘"之乡。那个时代是陕南大开发的时代，水运交通的发达自然而然地在这里形成了码头，南来北往的商贾和声名显赫的达官贵人云集于此，购田置地，建家兴园；几百艘商船停泊在码头上，吞吐着油、盐、布匹和山货特产。小镇亦变得灯红酒绿，汉剧、二黄之音通宵达旦。江南的游子终于在大巴山里找到了一片水乡、一片乐土。

当洞河水乡日新月异之时，北方的回民历经风霜，翻秦岭，走蜀道，终于也找到了洞河这个可以接纳他们的地方。他们又为小镇带来了北方的文化、北方的民俗和生活方式。他们利用这里得天独厚的草场森林资源放牧牛羊，鱼米之乡又多了北国风光。洞河的羊肉鲜嫩清爽，陕西、四川等地的商人争相购买，这里的商业愈加生机勃勃。

二

泛舟在洞河上，船只擦肩而过，荡起的波浪交替冲撞，泛起朵朵浪花，仿佛是相互间在打招呼。洞河人离不开船：他们过山要行船，过河要行船，在江上垂钓要行船，到江里的网箱上养鱼要行船……船是水乡最便捷的交通工具，就如同城市里的公交车和出租车。江面上船多、网箱多，那些漂浮在江上的网箱，作为洞河人的水上鱼仓，赋予小镇别样的风韵。

洞河的鱼招来了四面八方的垂钓爱好者，无论是城镇的居民，还是山间的农夫，到了黄昏，常常三五成群地驾着小船择一处幽静，悠闲地享受一把垂钓的乐趣。夜幕降临，垂钓者披着璀璨的星光，哼着小曲，荡着小船，满载着收获与喜悦回家。随后，洞河的夜空就飘着诱人的鱼香。

美丽的鱼米之乡也吸引了很多远方的游客，特别是北方的游客，来这里吃鲜鱼的、钓鱼的、泛舟的，络绎不绝。游人们总喜欢驾一叶小舟，毫无顾忌地把自己暴露给蓝天和日月。很多的学者和作家，或驾舟穿行于大大小小的山头间，或行至水乡的深处，探寻那些遗失在水乡的古风民俗，以及由南北方移民带来的融合文化亮点，寻找安放灵魂的支点。

三

洞河是一座古镇，虽然现代化的气氛越来越浓，但古镇的历史文化底蕴依然在湖光山色中熠熠生辉，散发着无限的生机和魅力。这里曾是移民的乐园，几乎每一座山、每一条河、每一块石头都深深烙上了移民文化的印记。特别是湖湘移民，在这里把湖湘文化中的家国情怀发扬光大。

清道光年间（1821—1850）修建的张氏"昭忠祠"是当地闻名遐迩的古建筑，祠堂高悬着的"昭忠祠"牌匾由道光皇帝亲自手书，以表彰张氏一族保境安民的忠烈事迹。距"昭忠祠"五十米的"节孝坊",也是由道光皇帝下旨修建,以表彰张应朝之妻在丈夫病故后怀着对丈夫忠贞不渝的思念,一个人含辛茹苦,将幼子培养成人并高中探花的事迹。在古镇的老街西头,左为昭忠祠,右为节孝坊,那些刻在石碑上的文字记录着这里男人的忠义,记录着这里女人的贞节,这些建筑、文字承载的是那个朝代的道德底线。此后,汉江水虽然淹没了这两座古建筑,然而这些历史文化的影子却依然在江面上若隐若现,诉说着那些耐人寻味,发人深省的故事。

四

洞河以水乡而出名,而水乡的码头也曾经为洞河带来过一段辉煌的商业文明。在陆路运输困难的年代,汉江为陕南山区提供了一条黄金水道。船舶顺流而下,载着秦巴山区特产的生漆、纻麻、木耳、橘子、桐油、茶叶去汉口,返程时从湖北运来洋油、洋布、洋烟等生活用品,北方的土货与南方的洋货在这些大小船只中往返穿梭,年深日久,洞河成了一个繁华的码头。经济的发展,带动了文化的繁荣,来自不同省份的商人在这里修建会馆,特别是黄州会馆,名噪一时。商人们为了文化生活的需要,纷纷捐资捐物,建起了漂亮的戏楼,汉剧、二黄之音通宵达旦,洞河成了远近闻名的"戏窝子"。

洞河人爱看戏、爱演戏,过去洞河几乎月月有会、会会有戏,一年三百六十五天,至少二百天有戏看,古戏楼从未被冷落过。如今,昔日的辉煌已随风飘逝,但戏楼依然顽强地矗立在高楼大厦之间,用它沧桑的面容和独特的风韵诉说着曾经的喧闹,期待着新一轮的文化振兴。

深山觅古建

曾经有几个月，我得了一份很不错的差事，到家乡陕西省紫阳县各个乡镇去调查现存的古建筑。也就是这几个月，我惊讶于地处大巴山深处的贫穷落后的家乡，居然有大大小小几十座古代建筑。虽然大都很破旧，但那些高大的风火墙，古朴的青砖灰瓦，精美的木雕、石雕和砖雕，无不透出迷人的风采，昭示着曾经的辉煌，让我生发出探究的兴趣。

唐氏宗祠

唐氏宗祠位于紫阳县高桥镇龙潭村。祠堂坐西向东，西靠山坡，东向溪水，和所有的祠堂一样背实向虚，明堂宽大。站在祠堂院中，美丽的田野风光尽收眼底。龙潭河像一条玉带缠绕在山脚，缓缓流淌；两岸的茶树在微风中摇动，散发出迷人的茶香。

唐氏宗祠就坐落在这山清水秀的环抱之中，被四周的土民居簇拥。高大的风火墙，向上伸出龙形的飞檐，青砖灰瓦，壮观华丽。屋檐下的墙壁和门窗上有漂亮的雕刻，更显得古色古香，令人流连忘返……

也许是受地形地势影响，唐氏宗祠占地面积不大，面阔仅三间，长20米，进深9米，占地面积不到200平方米。与同处高桥镇的田家祠堂相比，不仅面积小了很多，也没有二进院落。但唐氏宗祠建筑精巧，别具一格。墙体为青砖垒砌，硬山灰瓦顶，叠瓦压脊，七架檩，前后檐各带单步梁，抬梁式梁架结构。这样的结构不仅美观大气，也最大限度地

119

增大房屋面积。

走近唐氏宗祠，仿佛走近了一件巨大的艺术品：建筑的飞檐精巧，镶嵌了精致的青花瓷；墙壁、门窗、木梁上的木雕、石雕、砖雕作品栩栩如生，充满了生活情趣。按传统观念，祠堂雕刻在技法上和规模上一般都是向皇室的气派与繁复看齐，而唐氏宗祠的雕刻兼有皇室雕刻的大气复杂与民居雕刻的朴素自然，构图缜密婉约，形象灵动流畅，华丽典雅，又朴素清丽，不落俗套，更多体现出个性化生活的情趣，形成了唐氏宗祠独有的雕刻特色。

祠堂的建筑是以马头墙的大门为中轴，对称布局，大门为砖石结构，门槛、门方为条形巨石，其中用作门方的两块巨石长达225厘米，宽40厘米，厚17厘米，以这样的千斤巨石为方，构筑了唐氏宗祠又一大特色。两边对称的窗户都有精致的砖雕图案，衬托出整个建筑的精美。大门两侧原有一副雕刻的对联现已无法辨认。我查阅唐氏家谱，找到了这副对联：

上联：蟋蟀溯遗风谋贻椒硕惟勤俭

下联：芝兰涵旧泽绪衍桐封在读耕

横批：洪祚载辉

这副对联非常深奥，上联用《诗经·唐风》里蟋蟀的典故，就是周公即兴创作了乐曲《蟋蟀》，并在封叔虞为唐姓时将此曲赠送，这里追溯了唐姓的由来，表明了要继承唐氏勤俭的家风，世代做品德高尚的人；下联中的桐封是指唐氏宗族的堂号，凡出自山西晋阳的唐氏族人都属于桐封堂。这里又用了"桐叶封弟"的典故，即周成王封其弟叔虞为晋公的故事，缅怀祖先的事迹，歌颂耕读传家的家风；横批则不难理解，意思是继承光大祖上的福德。

宗祠不同于一般的祠堂，宗祠是同一姓氏后代为第一世祖先所建的祠堂，其重要性在于指出了全姓人的祖先。这就比支祠和房祠更有包容性，凡是唐姓人都可以到祠堂里祭祀。高桥龙潭的唐家来自晋阳，后南迁至浙江，明清湖广填四川时又西迁到四川，再由南到北，定居于陕南大巴山中。无论怎样的路途遥远，也无论怎样的艰难迁徙，唐氏子孙都没有忘记第一世祖先，没有忘记家训家风，这或许就是文化的魅力吧。

　　祠堂不仅是族人聚集的场所，更是民间文化和权力的精神象征。这就不难理解为啥唐氏宗祠的建筑如此华丽了，祠堂内那宽大的厅堂、精美的彩绘，更有一种富丽堂皇的视觉冲击。屋顶的天斗上是精致的木雕、承重圆柱下的基柱是精美的石雕，墙壁上的砖雕或花草，或灵兽，生动而逼真，于庄严中洋溢着生活的情趣。墙壁上镶嵌两块石碑，一块是清光绪七年（1881）唐氏宗族碑，四边刻几何蔓草纹，碑文阴刻楷书，记载祠堂建造之经过；另一块是清光绪七年唐公祠堂记碑，四边刻几何蔓草纹，碑文阴刻楷书，主要歌颂唐氏公德，特别是唐氏家族举办义学，义务为长工及周边贫民子弟办教育的事迹，让人们刮目相看。想不到早在100年前，这个深山小村里就有了义务教育。令人惊诧的是这篇《唐公祠堂记》的作者竟是清代光绪年间河南清丰县令曾星辉。这位同治十年（1871）的三甲进士，文章写得行云流水，又朴实自然。他从主持修建宗祠的唐氏元字辈三位老者人品写起，热情讴歌了唐氏一族起家勤俭、训子有方、乐善好施的家风，可见唐氏一族在当时已声名远播了。

　　唐氏宗祠自光绪七年落成，至今130余年，时光的剪影，岁月的痕迹浸润了祠堂的每一块砖瓦，渗透着一种古老的文化，不知道这里开过多少次家族会议，调解过多少场乡邻族人的纠纷，培养过多少乡村的少年，如今，古老的建筑在微风中孤独地挺立，诉说着历史的沧桑。

　　唐氏宗祠为我们留住了一种古老的文化，留住了美丽的乡愁。

武家院子

　　沿曲曲折折的渔溪河盘旋而上，车行20余里，在重峦叠嶂中，一处开阔的山坡上，屹立着一座古色古香的院落，这就是武家院子。

　　建筑依山而建，背后青山叠翠，两旁竹影婆娑，坐北向南，前低后高，沿着坡势自下而上形成三个台面，现存的武家院子为一进式四合院，由前厅、大院坝、东西厢房、正厅及东西偏院组成，占地面积约750平方米，建筑面积约500平方米，土木结构，悬山顶，青瓦屋面，清水翘首脊。

院子前厅为上、下两层木板楼，外墙为泥土垒就，大门居中，有一间房子长的过厅，穿过过厅就进入武家院子。院子台基较前厅地面高出1.2米，要上七步青石条台阶。内院阔15米，进深12.6米，面积为189平方米。东西各有厢房三间，正面有五间房构成正厅，正厅又高出院坝0.7米，需上三步台阶。除正厅两边廊檐下的过道可通往东西偏院，整个院子被四周的房屋所包围，构成了一个独立的空间，成就了典型的北方四合院。耐人寻味的是，虽然是四合院，整个建筑风格却并非北方的建筑风格。

正厅和厢房均为穿斗式屋架，内院檐墙及内隔墙全为木板结构，有雕花木窗，厢房前檐为二步挑檐，有吊墩式木雕瓜柱支撑着二步挑檐和檐檩，柱与挑之间用精美的龙纹木雕雀替加固。这样的构造，既能使房屋坚固，以精美的木雕、艳丽的彩绘作为装饰，又给人以美的享受。试想，在宽敞的四合院内欣赏巴蜀民居风格的建筑艺术，又怎能不让人忘记了置身何处？！

据武家后代介绍，他们是河北一带的移民，清初迁移到河南某县的武家庄，约在清乾隆年间迁移到陕南紫阳县。考察当时的历史，一方面满人入关，在一片凯歌声中，摄政王多尔衮以八旗劲旅为国家根本所系，应"如恩爱养"为由，于顺治元年（1644）颁布了《圈地令》，此令规定，前朝公地、藩田以及京畿周边荒芜之地，均可圈占，圈地之风随即蔓延，无论有主无主的民田熟地，被随意侵吞，策马圈占，投充者，削籍旗下，沦为奴隶；抗争者，拘捕下狱，论罪施刑，京畿（包括河北一带）农民流离失所，纷纷南迁。另一方面，由于明末清初的农民战争，特别是清初的"三藩之乱"，陕南人口锐减，到处是"洪荒甫辟，地土肥美"，清政府为安抚流民于顺治初年颁布《垦荒令》，康熙皇帝更加重视垦荒，在《垦荒令》修订中增加垦地20顷以上者，"试其文义通者，以县丞用、不能通晓者以百总用；垦荒一百顷以上者，文义通顺者，以县令用，不能通晓者以守备用"的优厚政策，把开垦荒地和升官发财结合起来。

陕南各县官府依据《垦荒令》纷纷制定招垦令，开出优厚条件，招人垦荒，移民蜂拥而来。由于荒地多，往往手指脚踏为界，占地可达数十公顷，这是一次较为成功的移民，政府不仅给移民发放路费、安家费，还借给耕牛种子，免除五年税收，使这些移民迅速在陕南安定了下来。武家的先祖很勤劳，凭借这里土地肥沃、雨量充沛，采用先进的生产技术，迅速解决了温饱，在道光年间，紫阳县令陈仅推广红薯种植，武家所种红薯曾单个净重两斤多，一时声名鹊起。武家的先祖很聪慧，他们目光独到，所选的落脚处，不仅空气清新，自然条件好，而且有区位优势，由此向北翻过山梁可入汉中的镇巴县，然后向南过渔度坝可踏上古盐道入四川，或向北经西乡接古茶马道入关中平原；而向东出渔溪河可以连接任河航运，于是这里的山货特产茶、耳、漆、麻源源不断地被运出山，换回大量真金白银。武家也就迅速脱颖而出，成为新的地主。

也许是北方移民的缘故，修房造屋讲究外观规矩、中线对称，以房屋围成封闭而幽静的四合院，似乎是希望能建成老家的院落样式。然而，与平川大坝不同，山区修房造屋注定要依山而建，要利用当地材料，工匠与工人也都熟悉了巴蜀风格，修起来的四合院也就注定要融入巴蜀风格了。院落里的排水也都按照南方的天井设计，特别是两边的偏院，虽然早已坍塌，或改造成现代建筑，但天井的旧痕依然无法抹去，排水设施依然如故。如果这两处天井院落没有毁坏，想象一下整个院落萦绕勾栏，盘曲石径相通的意境，令人神往。

武家院子背山面水，环境清幽，选址特别考究。整个院落都建造在一座整石山上，虽然是垒土而成的主墙，但以当地麦草和泥而筑，就异常坚固，经历了二百多年的风吹雨打，没有半点裂缝。村支书告诉我们，2008年发生的"5·12"汶川大地震波及这里，虽然余震不断，附近的村民和学校里的师生都来这里躲避——这里成了最安全的地方。

院中正房和厢房之间建有走廊，可以供人行走和休息。因为是双挑檐，走廊很宽，超过了2米，给人以富丽堂皇的感觉。

我探访武家大院的时候，天上下着小雨，站立在廊檐下，微风吹拂，悠闲地欣赏着雨滴叩击青石板溅起的水花，听着宛如钟表一样发出的嘀嗒、嘀嗒的声响，仿佛走进了时光深处。仰望四处挂满的红灯笼，灯笼坊上的祥云、双凤朝阳等彩绘浮雕仿佛在飘、在动，令人情不自禁地感叹，北京城中的亲王府、贝勒府也不过如此。

正厅的大门是明清风格的木雕槅扇门，门上雕刻着花草、人物，栩栩如生，古色古香，而廊柱下的青石雕花柱础，虽然已被时光打磨得锃亮光滑，但镂空的八角形石礅上阴刻的"福禄寿喜"字样依然清晰可见，昭示着主人对美好生活的向往。

武家院子虽然是土木结构，外表毫不起眼，没有壮观的飞檐，没有高大的风火墙，没有豪华的门楼、抱鼓石，没有象征身份地位的门簪，然而，宽敞的大院、精细的木雕石刻、艳丽的彩绘，特别是堂屋脊檩和上金檩的龙凤浮雕，令人叹为观止、流连忘返。

黄家纸厂

紫阳县双安镇桐安村的黄家纸厂，始建于清光绪元年（1875年），经过清光绪三年的地震，民国年间的兵连祸结，新中国成立后各种政治运动风波，历经140多年风雨沧桑，虽然部分建筑物损毁，但主体建筑保存完整。

黄家纸厂位于沙坪河畔，这里山野四合，竹林密布。山水掩映中的古院落，清幽雅致，充满了诗情画意。纸厂大院坐北朝南，土木结构，一进式院落四合天井依山而建，悬山顶，合瓦履盖，叠瓦压脊，正脊上有三五处空心梅花瓦垛，赏心悦目，气势恢宏。

从院坎上九步石梯到双开木大门，经门槛、石门柱，再进天井院落，精美石雕柱础撑起两根高达9米的木柱，三担五斗式抬梁结构，形成简朴大气的过厅。

经天井院上九步石梯到长廊，此廊为石柱、石栏。正面堂屋为六开槅扇门，门窗为土木雕刻工艺，刻有国文"寿"字，古铜钱，蝙蝠，冬瓜圈，梭子圈，卷草纹等。此处为黄家纸厂议事之地，巧借地势，突出气势，虽只两层，却与两边三层厢房等高，借助前面的大天井采光，构成院中府第，显然是吸取了湖湘府衙式建筑理念。从堂屋前的过道可通往东西两侧小天井。面向大门，西侧小天井因地势缩进2米，建有晒楼（阳台），虽然空间狭小，但天井里凿有内池，留着沟防，设有路径，安着石碑，甚至连盆栽都应有尽有。虽然经过岁月侵蚀，破损严重，但遗迹清新可辨，足见主人的生活饶有情趣。

大天井四周房屋飞檐为板凳挑结构，倒挂吊柱虽然雕刻简单，但不凌乱。屋檐为八字水，整个院落设计有一大天井、三小天井。两面一阳台，一层共31间房，二层有24间房，两层总面积为1270多平方米，包括院坝总面积为1970平方米。

如果站立在院外看，大院主体墙垛子高达3丈2尺，墙面为三合泥土所砌，最高处的墙面至今尚未脱落；部分墙体，竹钉，铁钉都打不进，坚硬异常。

正门的门头上有"耕读传家"四字，系清末癸未进士赖清键手书，曾两次被铲，又两次修复，黄氏族人黄如熙照样填墨，至今尚未褪色。

黄家纸厂创建人黄树香、黄祥兴系与苏轼齐名的北宋著名文学家、书法家，江西诗派开山之祖黄庭坚之后。其祖上自江西双井堂迁至湖北郧西县羊尾山，湖广填四川又迁至陕西省白河县卡子乡定居。清同治十年（1871），黄树香率领部分族人携家眷到紫阳县双安乡桐安村沙坪河落户，出资买下当地杨家三间土墙房子定居，利用祖传造纸技术，开业造纸，产品为长春细纸，年产曾超过1300余万张，畅销汉中、关中等地，甚至远销甘肃。在那个年代，产品是靠人背马驮翻越秦岭、穿过漫漫黄沙的河西走廊去销售的，可想而知这是怎样的一种开拓进取精神！正是这种精神让紫阳人有了一种征服丝绸之路的自豪感，也为紫阳地域文化积淀了一种独特的工商文化底蕴。

由于黄氏家族恪守质量标准与诚信经营理念，所以黄家纸厂在当时兴安地区600余家造纸厂中独树一帜、声名远播，并不断发展壮大，积累建造三座有完整设施的工厂，分别称为黄家上纸厂、黄家中纸厂和黄家下纸厂。1979年，因遭遇洪灾，上纸厂与中纸厂相继被毁，现存黄家大院纸厂为黄家下纸厂。

在紫阳至今还流传着一个黄氏家族讲诚信的故事。黄树香91岁离世前三天都不能闭目，其孙黄登科就问爷爷："您有什么事放心不下？"他说："因创办纸厂在老家白河县欠债共计3700吊钱，尚未偿还，故将死也不能瞑目！"15岁的黄登科当即表态："爷爷您放心，这外债孙子一定替您偿还！"闻听此言，老人放心闭目。黄登科与其弟黄登榜（当时年仅12岁）继承祖业，苦心经营17年后，到白河县张榜还债，因没有什么凭据，债主后人提出多少，就还多少，时间满一个月再无人提出，又唱了三天大戏才返回紫阳，总偿还4000吊钱。

黄登科，字甲三，学位监生，任过紫阳县县丞，15岁继承祖业，秉承家训，苦心经营，偿还祖债，并设计建造了这座纸厂大院。据黄氏后人讲述，当时负责指挥建造纸厂大院的是具有高超木工技术的湖北工匠宋明哲和四川土建工匠刘义德。来自不同地区的匠人融合了不同地区的风格，使纸厂大院独具匠心，别有风味。

黄家纸厂源自白河县黄氏，白河县黄氏家训是全国闻名的家规家训。黄氏家族有着浓厚的家国情怀，当国家有危难时，他们挺身而出、勇于担当；当民间有灾荒时他们出钱出力、扶贫济困。黄家纸厂祖辈每年过春节时，对联的上联是"守本分而安岁月"，下联是"凭天理以度春秋"，横批必定是"厚德载物"。黄氏族人秉承祖训，宽厚待人、公正做事，讲诚信、讲礼仪，为国尽忠、在家尽孝，但行好事不问前程。

纸厂大院大门上曾有对联：沙坪水不扬波流绕山川千万里；鱼跃鸢亦振翮翱翔霄汉九重天；旁门曾有对联：时飞柳絮春三月；梦到桃源夜无更。其气势与意志，不禁让人叹为观止，可惜早年被毁，已无法辨识。幸亏主人的记事本上有记载，才可见黄家历代注重文化传统。

新中国成立初期黄家被划定为工商业者，公私合营继续经营纸厂。

1959年，在纸厂基础上办国营纸厂，生产有光纸，于1962年停办。

黄家纸厂大院，除建筑风格独特外，其工商文化底蕴也十分深厚，对研究清代移民史及安康地区工商业史极有价值。如修复利用，开办传统造纸技术体验，其旅游价值更是无可估量。

宋氏民居

宋家院子位于紫阳县红椿镇纪家沟村，建于大山的颈部，背山向水，视野开阔。站在院中，一层层的山似乎远远地退去，又似乎一层层地拥来，真正让人感觉站立于万山之上，有一览众山小的意境。整个院子掩映在绿树丛中，无论从哪个方向来，都很难发现这个院落的所在，仿佛是藏于深山老林，有意不让外人觉察。

宋家院子建筑面积约一千二百平方米，坐西向东，三进式院落，清代建筑。屋顶有鸱吻两只，张嘴立于脊上。鸱吻，在古建筑上称为吞脊兽，取其灭火消灾之意，在紫阳民间是用酒米和石灰混合材料雕刻而成的，是一种非常珍贵的民间工艺。

整个建筑简朴大气，双挑檐，但没有繁杂的吊挂立柱，硬山顶，山墙上搁架，十一根檩。不同于其他的民居，檩上不是木条，而是一块块巨大的方板。

宋家院子现存一正院一天井。南边的天井保存完好；北边的天井却破败不堪。民国年间，宋家曾养马十多匹，但原有的南北两处马圈已被毁。从此院落的规模上已足见宋家财力之厚，而此处院落还是宋家衰败后所建。由此，其祖上之富有便可见一斑。

宋氏家族祖籍湖北通山，明末迁居紫阳，先定居于权河口，后移居小石河花园村（今东木镇镇政府对面）；清嘉庆、道光年间积累巨大财富，在这一带曾建有豪华院落，耕读传家，声名远播。家中文人辈出，有多人出仕做官，后因家中变故，变卖家产，部分子弟迁移到纪家沟，这才有了这处纪家沟宋氏民居。该民居虽为土木建筑，但规模宏大，一屋套着一屋，一个天井套着一个天井，呈现给世人的不只是百年老屋，而是一处小规模的地主庄园。连成一片的房屋，从檐到廊，从门到窗，自上而下，由点到面，无处不讲究，而这份讲究，是一个财主给后世留下的传统文化佐证。

正大门为槅扇门，大门宽4.71米，高5.25米。门上有一对莲花门簪。门簪是昭示家族身份地位的物件，虽然时光流转，大门已斑驳陆离，而这对古老的门簪依然向世人昭示着这个家族曾经的辉煌和荣耀。门窗上有精美的木雕，木雕图案中马与鹿居多，有马与鹿同构的，暗示马上鹿（禄）到；有两只鹿一起的，寓意禄位纷至；有蝙蝠与鹿同构的，寓意福禄双至；有喜鹊追鹿图，寓意禄至喜庆。这些木雕，展现了这个家族的文化信仰。

院子西边为空地，没有修建房屋，似乎有违四合院的布局原则，使正院子成了"凹"字形布局。据宋氏后人讲述，西边这一处空地本来准备为在外做官的子弟修房造屋的，然而，未及修建，该子弟已故于任上，只留出这一空地作为念想。空地坎下，有一高大的银杏树，需三人牵手合抱，估计有四百年以上树龄，巨大的古树撑起了巨大的树冠，遮蔽了半个院落，为宋氏子弟遮蔽了日光的照射，也构成了别样的风景。

赖氏庄园

赖氏家族于清乾隆末年从福建迁徙陕南，当时房子简陋，还是单家独院。随着人口增加，财富增长，赖家开始大兴土木，庄园于嘉庆末年已粗具规模。到光绪年间，因赖清键为癸未进士，授三品官，显赫一时，庄园竖立了旗杆夹后，始称"赖氏庄园"。

赖氏庄园依山傍水，坐北朝南，背靠雄伟的米仓山，面向七元河。七元河在这里呈"之"字形，如朱雀翔舞，加之景色秀丽，令人赏心悦目。

赖氏庄园的建筑风格是中心突出，两边对称，前低后高，总体协调，极尽地利，巧用人力，具有深厚的文化底蕴。庄园正中为长五间明柱、花格、马头墙正房，左右各一天井，总体为大三合面格局，中轴线两边各一普通四合院，南面距正房约10米，在中轴线上建一四合院，但因地势之故，比正房低4米，屋脊仅高出正房所在院坝平面1米，呈错落有致格局，既不影响采光、通风，还不遮挡景致。并形成了一重案山的效果，整个院落都能洒满阳光，似天造地设，又融自然与人工为一体，大气谐调，美不胜收。

中轴线南面两侧立有清光绪皇帝所赐旗杆夹一对，这给赖氏庄园增添了无限的风光，后来清政府又赐匾额2块、"肃静回避"虎头牌16块，使赖氏声名日盛。

民国年间，兵连祸结，土匪周华堂勾结官府，欺压百姓。赖氏子弟赖西庚深恶其人。一次，周华堂到赖氏庄园赌博，赖西庚密报给其对头胡保安，捉拿周华堂，但周耳目众多，闻信后提前溜走。从此周华堂与赖西庚结下梁子，周华堂多次捉拿赖西庚都扑了空，一气之下，于民国二十一年（1932）纵火烧了赖氏庄园，赖氏庄园几近被毁。赖西庚自然痛恨不平，可又无可奈何。然而不赶走周华堂，他就无家可归。他选择了到官府告状。

这年秋天，他到安康击鼓鸣冤，一边走上大堂，一边脱掉鞋袜，把裤子卷到膝盖之上大喊："大堂有水，大堂有水！"走路形态酷似涉水过河。官员们面面相觑，不知此人是精神失常，还是别有用意，赶紧让手下设座，问明原委。他理直气壮地告诉官吏，如今官匪一家，水深、水浑，他准备誓死来蹚这浑水。说完，将状子拿出，递给承审官。

承审官从没有见过这种告状的，知其不扳倒周华堂决不罢休，遂将此案上报给安康警备司令张飞生。到任不久的张飞生正需要政绩，于是派兵联络胡保安攻打并赶走了周华堂。赖西庚得以重返赖氏庄园。他重修赖氏庄园，但规模已大不如前。

洞河古戏楼

紫阳县洞河镇地处汝河、洞河、汉水三条河的交汇之处。这里众多的河流和一些不知名的溪水将群山分成无数的沟壑，形成星星点点的汉湖，汉江之水在这里仿佛一朵盛开的巨大的牡丹花，水乡的气息如花香弥漫在山水之间。

几百年前，湖广移民用青砖泥瓦、红木圆柱在江边依山建起了自己的家园。他们开挖水田、建橘园、造船捕鱼，让天然的水乡成为鱼米之乡。四通八达的水系奠定了航运的基础，水运交通的发达自然而然地造就了这里的码头和商业。南来北往的商贾和声名显赫的达官贵人云集于此，购田置地，建家兴园，成百艘商船停泊在码头上，吞吐着油、盐、布匹和山货特产，小镇灯红酒绿，汉剧、二黄之音通宵达旦。

商业的发达，促使各省商人修建了众多的会馆，而文化生活的需要，又促使各会馆联合募捐集资修建戏楼，清道光二十一年，洞河戏楼在小镇中街落成了。戏楼雄伟壮观，龙头凤尾，飞檐翘角。近看，浮雕凸出，绘画精美，翘角下六根滚龙抱柱顶着皇冠形的蜂窝式斗拱房顶。前额彩绘二龙抢宝，若即若飞，横担上刻画着鸳鸯戏水，栩栩如生。两旁绘有"松鹤延年""樵夫砍柴"等花鸟人物图。屋脊用古瓷嵌成，屋脊正中嵌一圆形瓷瓶约2米高，内装一笔架形宝剑。屋脊两头用白瓷嵌成的青狮白象，意欲飞奔上游。戏楼正中为舞台，约80平方米；舞台左右有栏杆走廊，左为乐室，右为过道；舞台后面有通间，左右厢房为化装更衣之处，舞台与化装装制，层层叠叠，八卦上顶，顶端绘有黑白相间的太极图，色泽鲜明，古朴典雅，且有抑音作用。

站在后楼，举目眺望，中间并排三个"寿"字大窗，东西两壁峙墙，挺立笔直，几只彩凤、鱼龙跃然壁上，张牙舞爪，颇有腾蛟起凤、游龙戏水之姿。挑梁浮雕上的人物，虽蒙上了岁月的尘土，细细辨来依旧须眉毕现。东壁上绘制有山水鸟雀、亭台楼阁、车马船舶、花草树木，生机盎然。尤为称道的是人物透雕，如子牙垂钓、大舜耕田，神态自若，活灵活现。

戏台正面上方立着一块长2.8米，宽2米的横匾，上书"观今鉴古"四个金光闪闪的大字。字迹中凸边凹，苍劲有力，气势横溢，远观近赏，皆超凡脱俗。

戏楼高10米，宽15米，纵深22米，南为钟楼，北为鼓楼。戏楼落成时，洞河百姓兴高采烈，特别是戏曲爱好者更是奔走相告，自发组织业余演出，每逢节会，都要唱大戏。民国二十二年（1933），洞河街戏曲爱好者成立了"洞河自乐班"，爱唱戏的人越来越多，他们主动捐款购置价值万元的戏箱，并在戏楼两侧专修了两间厢房，供职业艺人居住。后来以打"斗市作资本"培养了许多戏曲人才。汉剧成了洞河人生活中不可缺少的娱乐方式。洞河被世人称为"戏窝子"。

在紫阳县的大山深处，还有许多处这样的古建筑。这些古建筑以石礅为基，原木为柱，注重与山水的和谐。一处古建筑，就是一处世外桃源。紫阳移民把家乡的建筑艺术，与当地自然条件相结合，因地制宜，使这些建筑更有了自身的特色。那些精雕细刻的木雕或石雕。美丽的彩绘都值得保护和利用。古建筑承载的是一种精神，保护古建筑，实质上就是传承中华民族的文化创新精神。

别有洞天盘厢河

我敢说，走遍中国，走遍世界，也难以找到盘厢河流域这样的洞穴。它不是溶洞，没有千姿百态的造型，也不像猛洞河那样，水洞结合，因水流猛，洞穴多而闻名。它是人工开凿的洞，这些洞穴把九曲十八弯的盘厢河拉成了直线，而那些河滩则变成了良田。截弯取直，凿洞顺水，筑堤造田，这个曾流行于四十年前的工程如今已渐渐远离了我们，而阡陌相接的良田沃野，群山环抱的层层叠叠的梯田则成为一种独特的田园风光。

行驶在盘厢河谷，是一种享受。车窗之外，群山起伏，绿树摇曳，清清的河水缓缓流淌，好像依依不舍河边的鸟语花香。恰逢阳光明媚，绿水青山洒满金光，仿佛微笑着欢迎我们的到来，真是绿水青山带笑颜。盘厢河地处大巴山腹部，属深山峡谷，但和别的地方不同，盘厢河的谷地很宽阔，放眼望去非常惬意。"百里盘河十八弯，七十二道脚不干"是过去人们对盘厢河的描述。因为曲曲折折，河水总会挡了行人的路，走不了多远就得脱鞋过河，脚怎么会干。细看公路，所拐之弯皆是小山脉之关口，于是恍然大悟，别处的河流是依山脉而流，在两山脉夹缝中奔跑，所以河道不宽，也不需要拼命东折西拐，而盘厢河不同，它流经众多小山脉，绵延起伏的山脉挡住了出路，它只能到山脉头尾部或断裂口绕行，自然就形成了宽而弯的河道，公路依古河道盘旋而上，有时看见的是河水，有时看到的是稻田。看不见河水，那是因为水入了洞穴，河道弯处则成了水田，洞穴拉直了河水，河湾的乱石滩被改造成良田。"百里盘厢河，千亩水稻乡"就成了今天盘厢河的写照。我们来这里不是旅游，是专为这千亩良田和河上的洞穴而来。几乎每个时代都有一些像我们这样的人，是专门采写历史的。来这儿之前，我们了解到，20世纪70年代，为了改变大巴山盘厢河流域靠天吃饭的局面，盘厢河人民决心对盘厢河河道截弯取直，把弯河道变成千亩良田。然而，在山区改河道不像平原只需开挖平地就行，而是要让河水穿过巍峨、坚硬的大山。为了实现这一目标，他们用两年时间打通了五个隧道，挖断了两座山梁。当清澈的河水穿过岔河口、磨耳梁、岩洞弯、科家庄、观音寨五个幽深的隧道，流过挖断的挖断冈、腰子岭两座山梁，灌溉三百多亩整齐的水田时，人们不能不惊叹这一伟大的壮举。在当时，没有现代化的机器，只能用钢钎和铁锤打眼放炮，只能用锄头和十字镐开挖山梁。早上，村民们把施工人员用葛麻藤吊在半山腰上作业，收工时又将他们拉上山来，盘厢河畔的男女老少齐上阵，从两头向中间推进。用两年时间终于将百里盘河十八弯改造成了千亩良田。

我们走走停停，停下来拍照，停下来采访，停下来欣赏别有洞天的风光。在采访中，我们发现陪同我们的镇干部杨忠比任何采访对象都熟知盘厢河的历史文化，风土人情、俚语掌故往往脱口而出。虽然当年盘厢河截弯取直、修田造地时他年龄尚小，但那段历史经他口讲出，往往生动活泼。我们决定请他将这段历史写出来，这样我们的工作量就省了一大半，余下的时间就能悠闲地欣赏盘厢河的风光，拍摄盘厢河的历史遗迹了。河上的岩洞不多，相距也比较远。即使同一个岩洞，这头到那头也要绕上几里路，虽然洞深不过几十米，但公路还是依旧绕河道而修。洞口大都隐蔽于绿树青草之中，进水口平缓，而出水口则往往高悬，水如蛟龙，飞流直下。我们沿公路而上，跑完了盘厢河流域的六个行政村，也拍下了河上所有的岩洞。经过三十多年的风风雨雨，这些岩洞的人工痕迹大都被风化，如果没有人介绍，真看不出这些洞是人工开凿的，也更想不到因为这些人工开凿的洞，将一条河拉直，将一个群山峻岭中的小流域变成了远近闻名的米粮川。

我们探访这条河上的洞穴，采写这些洞穴背后的故事，不仅想记录一段历史，更希望留住一种精神。说来也怪，人类总是和洞穴有着密切的关系，不仅人类开始于洞穴，在漫长的文明史上洞穴总会有灿烂光华的一面。在大巴山区，洞穴有非同凡响的风采。如这里的公路、铁路总是要穿过洞穴，火车、汽车总是在山的肚子里跑，而盘厢河的洞穴里奔跑着溪水，溪水为良田让道，溪水灌溉着良田，养育着这里的人民。别有洞天，说的是洞子里的世界，而在盘厢河，这个词却有了特殊的含义：因为有洞，就有了良田沃野，就有了无限风光。

我们试图徒步穿越岩洞弯的那个幽深的洞穴，探寻洞里的景观，杨忠劝阻了我们，他担心我们的安全，毕竟这上百米的洞穴建成以后，除了河水流过，没听说有人进去过。我们接受了他的建议。我们不是孙悟空，没有自由出入水帘洞的本领，也不敢贸然打扰洞穴的宁静。在我们眼里，这些洞穴是有生命的，它们是盘厢河的图腾。我们只能遥望，默默地想象洞中的世界，或许水流过的洞里杂草丛生，或许洞里的怪石下藏着一些我们不知道的鱼类，或许蝙蝠和蜘蛛占领了这里，或许有喜欢宁静的昆虫在洞中的某一处酣眠……人们创造了这些洞穴，又将它们还给了大自然。洞穴造福着人类，也造福着自然界的一些生灵。

曾看过一篇中学生的作文，把盘厢河写得很美："盘厢河的梯田是天然美景。田在山中，群山环抱、绿树映衬、无须雕饰、浑然天成，置身其中，顿感神清气爽，如入世外桃源。而那大大小小的梯田，大的不过一亩，小的就像斗笠，在崇山峻岭间连绵，在沟沟坎坎中延伸。旭日初升的清晨，在阳光的照耀下，流光溢彩，熠熠生辉。晚霞辉映的时刻，一望无际的梯田，层层尽染，好不壮美。艳阳高照的日子，大小梯田散落山间，犹如'大珠小珠落玉盘'。雾锁时分，漫无边际的梯田淹没在云雾之中，给人以'不识庐山真面目'之感。一旦云开日出，梯田又露出它娇美的面容，给人以清新亮丽的感觉。春光明媚的季节，在农民银锄的耕耘中，梯田又被勾勒成一幅幅天然的山水画。秋实的日子，那金黄的稻浪，既是丰收的果实，更是浓墨重彩的天然版画。"这段描写，不能不令我惊叹盘厢河的人杰地灵，只是这名中学生将梯田当成天然形成的，却成一桩憾事。不用说，这名中学生不了解自己家乡的历史，不知道是河上这些了不起的岩洞奠定了盘厢河独特的田园风光。如今到处都在宣传地方文化，人们知道文化才是旅游的底蕴，可是文化的底蕴又是什么？这次盘厢河之行让我明白了：历史才是文化的底蕴，挖掘地方历史更有意义。

我们在盘厢河海拔最高的干沙村找到了当年的歌手李政建。他深情演唱了一首当年的民歌：

> 扛起锄头上山坡，
>
> 太阳暖和身心乐，
>
> 眼望盘河风光好，
>
> 开口唱出心里歌，
>
> 千言万语唱不尽，
>
> 唱支山歌赞盘河，
>
> 磨耳梁、科家庄，
>
> 腰子岭、岩洞弯，
>
> 往年那河滩乱石窖，
>
> 今天变成米粮川。

这首即将失传的民歌，让我们对盘厢河的过去充满了怀念，也对未来充满了期待。李政建如今是一位庄园经济大户，他种植了一千多亩药材、一百多亩魔芋，是土地流转的榜样，盘厢河的人民正以另一种方式传承着当年修田造地、艰苦奋斗的精神，用苦干实干建设着美丽中国。下午，杨忠把我们送出了盘厢河。我和他握手道别，望着他已不再年轻的面容，回味他讲述的历史，我心中充满了敬意。其实，像杨忠、李政建这些人，他们所起的作用，不就是盘厢河上那些洞穴的作用吗？洞穴流淌着溪水，托起了千亩良田；而他们则传承着历史，托起家乡的明天，托起美丽中国的梦想。

盘厢河，任河支流，汉江水系，在陕西省紫阳县境内。

古镇双桥

　　双桥镇是大巴山深处的一座古镇。古镇境内有两条小河，一为东河，一为西河。古镇被群山环抱，两条小河沿不同方向在山谷呈弧形流过，把这里雕刻成半个太极图的形状。两条小河不知发源于大巴山中的哪两座高峰，它们左冲右拐，绕过层峦叠嶂的山峰，穿越密树丛林，一路奔腾着把这里冲击成一个微型的盆地，然后汇合一处一路喧闹着而去。盆地中土地肥沃，地势平坦。先民们在这里依水而居，房屋就散建在小河两岸。相传，这里地势开阔，建筑又大多为江南风格，青砖泥瓦，小桥流水，于是双桥镇成了大巴山中的"江南水乡"。

　　原木东河和西河上各有一桥，双桥因此而得名。不过，如今那两座古桥早已不见踪迹，和那些青砖泥瓦一起成为传说，只能到历史文献里去寻找。城镇在不断扩张，已新建了好几座钢筋水泥大桥，双桥也就成了一个历史遗留下来的地名，早已不能概括这里的地域特色了。能够见证这里的历史古韵的，是老街的河段上保留的一座石拱桥，它不同于东、西河上的新桥，不仅古色古香，还饶有情趣；因为石桥上镶嵌着一条大石鱼，鱼头昂首向着上游，鱼尾翘起对着下游，而整个鱼身则镶嵌在石桥的体内，仿佛一条大鱼背着桥奋力游动。人们过桥便要踏上鱼背，仿佛是鱼帮助着人过河，真是一个奇思妙想的创意！当地的老人告诉我，这桥是民国年间由这里的乡绅文子仪捐资修建的，已有八十多年历史了。文子仪是我熟悉的地方历史人物，他帮助过红军，与地下党卢楚恒夫妇一起组织过抗日义勇军联队，是民国时期紫阳的风云人物。看着他捐修的桥我不能不感叹：所有爱国志士首先都是非常热爱自己家乡的，家国情怀是他们人生的底色。

　　我们到双桥不是来参观，也不是来旅游的，我们是专为双桥的历史而来的。双桥曾出过一位应该写入地方党史的女支书，名叫陈辉荣。20世纪50年代，她率先修石坎建茶园，实行科学种茶，所种的两百多亩大红袍享誉一时。1957年，她到北京出席全国群英会时还专门带给毛主席两斤茶叶。有关她的事迹，我耳熟能详，比如她是两届全国"三八"红旗手、陕西省第四次党代会主席团成员等。她的奖章和荣誉证书能装满满一抽屉。当然，这些事迹都是档案里记载的，档案里的东西固然真实，可也呆板，为了写好她，我需要采访她当年的同事，探寻那些生动鲜活的往事。

　　我们首先来到镇政府，没想到这里静悄悄的，问便民服务大厅的值班人员，才知道所有的干部都下队了。初到双桥，这里的干部就给我们留下了特别务实的印象。打电话联系党政办的汪主任，他热情接待了我们。后来他又联系了一位姓曾的副镇长和一位姓胡的人大主席团主席，几个人匆匆交谈了工作，便招呼我们吃早饭。早饭之后汪主任陪同我们采访。采访要走十多里山路，这里的山大得能遮蔽半个天，山路更是崎岖难行。这就是陈辉荣曾经工作过的地方。她在这里当了几十年村支书，艰苦奋斗，兢兢业业，多次被评为全国劳模。汪主任一边协助我们采访，一边还不停地介绍双桥近年来的变化。开始我并没有在意，后来当他讲到这里外出务工的农民挣了钱，捐资修建了小镇的垃圾处理厂，还给镇上购置了垃圾车，使小镇的面貌变得特别整洁时，引起了我的兴趣。民国时期的乡绅捐修一座小石桥，方便了百姓过河；而当代的双桥青年又捐款修建了一座价值十多万元的垃圾处理厂，提升了父老乡亲的生活质量。莫非双桥这地方真有这种家国情怀的传承？我们放弃了赶最后一趟班车回县城的打算，在汪主任的引导下我们参观了小镇的街道和新区。

　　细看双桥，真是令人惊叹！这里山野四合，郁郁葱葱，两河相拥，风光旖旎。老街小桥流水，清泉汩汩，新街街道宽阔，店铺林立，商业之繁华出乎我的意料。双桥镇离县城一百多里，且被重重山峦阻隔，全镇基本处在原始森林的边缘。双桥人也被称为六、八道河的人（境内有六道河）。我小时候只要一表现出无知，就被大人们戏说："你是从六、八道河来的？"在我的印象中，双桥封闭、落后，商业再繁华也只是传统的集市贸易，农民们肩挑背驮着各色山货，在逢场的时候简单交易一下，热闹半天而已。没想到的是这里有很多大的超市，国内著名企业的销售商如海尔、飞雕等商家也纷纷入驻，让人目不暇接。我是学经济出身，知道这样的商业网点是需要当地人有足够的收入来支撑的。深入了解才知道这里的茶叶、中药材产业都已做大做强。镇政府在上级部门的帮助下招商引资，已有国内著名的大型企业延长集团入驻，准备投资百亿开发这里的钛磁铁矿……有这些产业的支撑，双桥完全能够扩大集镇建设规模，加快城镇化进程。

说到城镇化建设，我们便去了这里的新区兰家坪小区。小区是专为高山农民搬迁入镇而修建的，一幢幢六层小楼整齐划一。小区竟还建有广场，留有足够面积的绿化带，停车场和活动室也大得让人有些嫉妒。同处大巴山区的县城，难有这样配置完美的小区，因为山区建设往往受制于地形地貌，而且寸土寸金。兰家坪小区建设已基本竣工，部分农户已开始了装修，很多人还没有入住就已先在广场上活动起来。广场上有几十名妇女伴随音乐翩翩起舞，她们跳的是广场舞，其舞蹈水平丝毫不在大城市那些舞者之下。我站在小区的围栏边，时而欣赏双桥人的现代歌舞，时而欣赏围栏下的小河流水。此时已是"月上柳梢头"，在"明月松间照，清泉石上流"的诗意中欣赏深山古镇人跳现代舞蹈，仿佛置身于天上人间的交界处，见证着深山古镇的岁月流转，见证着沧海桑田的历史巨变。

当晚，我们就住在双桥宾馆。宾馆整洁美观，设备齐全。我上网查了查有关双桥的网页，下面有很多外出务工人员留言要回乡创业的帖子。这又是双桥的一种新气象、新风尚。如今双桥的建设日新月异，激发了很多外出务工人员报效家乡的赤子之情。他们的回归是一种巨大的能量，必将推动双桥镇新一轮的发展。睡在宾馆的床上，仿佛不是枕着枕头，而是枕着淙淙河水，在这种天籁之声中我睡得格外舒服。是夜，我做了个梦，梦见很多双桥的仁人志士如文子仪、陈辉荣等，都住进了兰家坪小区。历史和现实在我的梦里交会，我仿佛成了双桥古镇历史和现实的交接点。想来这也不奇怪，日有所思，夜有所梦吧。双桥虽然没有留住多少古老的建筑，但是留住了一种文化、一种精神，这是一种乡魂。无论是文子仪的乐善好施，还是陈辉荣的艰苦奋斗，或者打工人的报效桑梓，作为文化传承，都在双桥的新韵里沉淀得很深、很深……

任河！任河！

　　任河发源于重庆市的城口、巫溪和陕西省的镇坪三县交界的大燕山。她流经重庆城口、四川大竹和陕西紫阳境，最后在紫阳县城南汇入汉水。打开中国水系图，任河只是汉江水系中一条纤细短小的支流，仿佛农妇手中的一根细线，毫不起眼。

　　任河流过的地方大多是崇山峻岭，她自然不可能像草原上的河流那样，可以任意漫游，可以飘忽不定，可以自由地改变河道；而必须循规蹈矩，沿着山的缝隙和地势，或急或缓，拼命寻找出路。就如同生活在这里的山民，在群山环抱中，虽然宁静而幸福，但也要寻找出山的路，在对外交流中让自己生活得更加富足而充实。当山外上演春秋列国人战时，生活在这里的古代巴人也按捺不住冲动和渴望，希望在部落文化和农牧文化的交锋中争得一席之位。于是，任河上有了栈道，不论山高水急，还是悬崖绝壁，总要寻找出山的路。蜀道难，难于上青天！可再难也难不倒任河岸边的山民。

　　或许任河就这样有了自己的名字，任河流域的山民就这样锻造了自己的秉性。任河养育了古代的巴人，却无法帮助巴人去战胜外来的侵略。几千年来，任河眼睁睁看着北方的军队踏过自己的身躯，向着西南开疆拓土，也一次次看到西南的军队北伐征战，去逐鹿中原。任河上的栈道一会儿属于北方人，一会儿又属于南方人。可任河搞不清楚自己属于什么，甚至连自己是南方还是北方也分不清楚！最后只好自嘲：自己是南方的北方、北方的南方。

　　不要认为这样的定位简单，任河在大巴山的沟壑中奔流，左冲右拐，它的梦在远方，为了梦想，她改变了河道：她不是自西向东流的，她是一条倒流河！说来也怪，我国河流受西高东低地势影响，大小河流大都自西至东、由北向南流淌，岁月改变的只是河的流量、流速与河道，亘古不变的是河流的流向。而在大巴山腹地流淌了数万年的任河，她先是由东向西，然后击穿巴山山脊折而向北，由川入陕，在大巴山北麓汇入汉江。或许是任河的"任"字带有任性之意，改写了"一江春水向东流"的自然法则，因此大巴山才有了一道奇特的自然景观。

任河有三个名字，上游名城口河，在重庆境内；中游名大竹河，在四川境内；下游名任河，在陕西紫阳境内。任河之奇也在于，她发源于三省交会之处，又流经这三个省，一省一个河段，一省一个河名，到了下游，才叫任河，难道是因为雄关漫道挡不住，无可奈何任其流，才叫任河吗？

白天，任河看着这里的农民侍弄着她滋养的水稻和莲藕，望着农民收获两岸山坡上的苞谷和洋芋，到了夜晚，则凝视着散落岸边山坡上的灯火与夜空的繁星交相辉映。任河不知养肥了多少牛和羊，聆听过多少人欢马叫；任河习惯了那些光屁股的小毛孩们戏水嬉闹的那份洒脱，也习惯了小船荡漾在落日余晖里的那份从容；她聆听着少妇们用棒槌敲打衣服的洗衣声，幸福地摇动着她们的倒影；任河满足地凝视着农民们肩挑背扛从两岸收获的产品，慈祥地目送他们翻过山梁、踏过河床，到集市上去出售。

任河是大巴山的河流，流淌的是大巴山的民俗，流淌的是大巴山的传统。

一首《任河相思》的紫阳民歌，总是让任河人肝肠寸断，"妹妹多少相思泪，流到小河能撑船哟，妹妹爬上山尖尖哟，想看哥的青衣裳……"任河滋养的少男少女们就这样唱着紫阳民歌，歌声就这样飘出了河谷，飘过了山峰，飘到很远、很远的地方，悠扬的紫阳民歌总是和任河水一样轻盈、一样清脆、一样婉转而奔放……

就是这首紫阳民歌，让我重新认识了任河，开始试图了解她。在一个阳光明媚的日子里，我背起行囊沿河而上，我踏过河滩上的青苔，看任河是怎样一点一点汇集；我爬上高高的"望夫寨"，听当地人歌唱爱情，体会任河相思的肝肠寸断；我翻越高山，去寻找她冲断大巴山山脊的那份激情和执着。我试图解开她倒流八百里的密码。当我看到火车在任河大桥上飞驰，高速公路紧紧贴着任河伸向远方，机器的轰鸣打破了千年的沉寂，而任河依然从容、娴静，依然流淌出阳光的灿烂时，我才明白，任河的"任"，就是执着地追求心中的梦想，不管山高路远，也不管千难万险，永远奔流不息。任河是一条普通的河，但绝不平庸；任河倒流八百里，仅这处景观就震天撼地！任河的"任"，就是不畏任何困难，山高路远任我行，千难万险不回头。任河之所以美丽，就在于她有着绝处逢生的勇气。我庆幸自己生在任河边上，因为故乡有了这条河，就有了依托，而我心中流淌着这条河，我的灵魂便有了归属。

任河，我的神往，我的渴望，我的故乡梦！

木 兰 峡

一

陕南最值得一游的地方应当算木兰峡了。这里山幽水秀，山险水奇，有最原始的美，也有最好的生态环境，还有一种奇特诡异的韵味，令人流连忘返。

木兰峡，又名三十里峡，是八百里任河上最长的一个峡谷，激流奔泻三十里，一路形成二十八个险滩。任河流经木兰峡后，完成了从四川到陕西的跨越，一路奔向汉江。

木兰峡两岸层峦叠嶂、怪石林立，历史上又有过一段繁忙的航运，其惊险和艰辛与长江三峡类似，故木兰峡又被当地人称为"小三峡"。

如今，长江三峡已胜景不再，喜欢怀旧的人们自然而然地转往大巴山的深处，寻觅能够唤起记忆中与三峡相似的风景。于是，木兰峡这个藏在深山里的峡谷骤然变得热闹起来，成了新的旅游胜地。

二

我只去过一次木兰峡，还是走马观花式的。然而，仅仅这一次，她就让我魂牵梦萦，难以忘怀。那些高耸入云的险峰，常常让我在梦中仰望到脖子发酸；那些碧绿澄澈的溪水，成了我梦境中永恒的底色。

木兰峡的山有多险？这不是一句"蜀道难，难于上青天"就能轻松描绘出来的。三十里木兰峡，三十里危峰林立，三十里怪石嶙峋，几乎每一座山都刺破蓝天，几乎每一座峰都是悬崖峭壁。那些飞在山间的小鸟，偶尔站立在山崖之上，都让人看得心惊胆战，好像一不小心它们就会栽倒下来似的，特别是"陡天坡"，当地有谚语："有女莫嫁陡天坡，老死的少摔死的多。"整个"陡天坡"仿佛是刀砍斧削直入云端，险得让人惊心动魄。

木兰峡的山有多奇？峡谷两边峰峦陡峭，仰望只见一线弯曲的蓝天。群山迤逦，峥嵘险峻，形成一座狭长的山门。两侧群山相对，峰峰对峙，突兀着形成一个个单独的山门；门门相接，如同环环相扣，千峰林立，而又千姿百态。如同长江三峡那些如人、如物的山峰一样，这里的山峰也形状各异，有"老虎望食"，也有"兔子奔跑"……其山峰奇异无比，除了状如老虎和兔子外，特别令人惊诧的是，有五座老虎一样的峰，虽然神态各异，但都如饥似渴地张望着对面的兔子岩，当地人称"五虎望食"。此外，还有"蛤蟆叠罗汉""太白挥毫""长寿石"等象形的山峰，一个接一个耸立着，险中有画，奇中有景。

木兰峡的山有多美？像翠绿的屏障，像新生的竹笋，更像精雕细刻的假山怪石在水波中荡漾，又仿佛在摇动着一池清水。尤其是峡谷中有数百条瀑布从山上飞流直下，气势磅礴。一道道崖缝里挤出的水四下溅开，亿万颗水珠纷纷坠下，如天女散花，泠泠有声，晶莹剔透。听，像大珠小珠落玉盘；看，如烟飞，似雾动，形成烟雨朦胧，日光在上面浮着，晕出七彩迷离的虚幻。

三

与山对应的当然是水，山没有水就少了灵气，而峡谷有了水，顿时让荒野充满了生机，让冗长的峡谷变得亲切起来。木兰峡的水是绿色的，比清明茶泡出来的茶水还要绿，还要清；木兰峡的水是灵动的，不同的河段就有不同的水。

下段的木兰峡，由于任河下游建起水电站，高峡出平湖，碧水映蓝天，湍急的木兰峡，水位上升，形成绵延十余里的湖泊，使本来活泼的江水变成了文静的少女，静静地、悄悄地、默默地用心倒映出高山的雄伟。中段的木兰峡，水道由阔变窄，河风劲吹，水浪翻涌，水的颜色也开始变成浅蓝，好像无心与山上的绿树、毛竹去争高低。这一段峡谷山势挺拔，树木林立，特别是那些横着斜出的树木，仿佛要扑向江水，努力去拥抱一池江水，可惜风时而紧，时而缓，树与水也时而拥抱，时而交织在一起，时而分开。而树与水之间，偶尔有鸟，偶尔有鱼。"树影横波，鸟卧江心，鱼上树"，走遍世界，恐怕也难看到这样的奇观吧？上段的木兰峡，水道更窄，水则更清，清得看得见水底的青石和水中的游鱼，但却搞不清楚水有多深，好像伸手就可以捉住一条鱼，或者捞起水底的石头，却总也够不着。岸边野花绽放，姹紫嫣红，芬芳斗艳。有一种火红色的小花，一簇一簇将这峭壁如削的峡谷装扮得分外妖娆，轻风过处，花香浮动，惹人浮想联翩，当地人称之为"木兰花"，木兰峡也因此得名。在这山花烂漫的峡谷，恍惚间感觉不到自己身在何处了。偶尔一只野鸭从水中腾起，有节奏的流水起了层层波纹，呈现出另一种情趣。有时候，几排鸟儿在谷中自由地飞翔，清脆的鸣叫让这幽静的峡谷显得生机盎然。

四

山有山的风骨，水有水的韵律。木兰峡山奇，水秀。木兰峡究竟应归入山景，还是水景，木兰峡所在的陕西省紫阳县的作家们在编写旅游丛书时争论不休。爱山者，把它列为秀美山峰；乐水者，把它视作陕南美水。其实，除山水之外，这里更有非同凡响的历史人文。

木兰峡自古以来就是连接川陕的重要水路，尽管险滩重重，浪高风疾，暗礁密布，但其水运的先进性自然是蜀道上那种肩扛背负的人力运输所不能比的。人们一方面凭借智慧和勇敢开拓着这里的航运，一方面不断地乞求上苍垂怜那些艰辛的航运者。木兰峡中段，即木兰洞，有一块巨石，上面刻有"阿弥陀佛"四个大字，那是用錾子一笔一画凿出来的，传说是一位叫何纯林的船夫亲手凿刻的。过往的船夫们，都会到这里跪拜，乞求上苍的护佑。如今铁路和公路运输发达，这里的航运已悄然地淡出了人们的视野，但"阿弥陀佛"四个大字连同巨石，历经风雨，在斑驳陆离的光影中依然苍劲，透露出远去的艰辛和苍凉。

这里究竟有多少年的航运史，史书没有记载。木兰峡成为被中国航运史遗忘的角落。然而，这里众多的遗迹，如龙门蜀道遗迹、船规石刻碑、纤夫蜀道、摩崖字画以及张飞桥等，都透过兴亡更替展示着历史的天空。很多并不久远的传说，也都是岁月的记忆，印证着这里曾经悄然兴起又默默淡出的一段航运文明。

木兰峡的两岸大多是峭壁巨石，人无法立足，然而木兰峡的中段却因水道变窄而河岸变得宽敞；岸上石头连着石头，密密麻麻，形成了宽敞的石坡。在那些巨石上，便留下了纤夫们沉重的脚印。虽然时光流转，但印记历经风雨浸洗得清新如初。

在这片山坡的尽头，有一块石碑，这是清咸丰七年（1857），木兰峡上游的商贾和船夫共同商议制定的二十一条船规，当时经报请绥定府太平县（今万源市）核准后，立于木兰峡。碑文前言部分写道："旧有任河一道，下通秦之瓦房店，由紫阳县汇入汉江至楚老河口，客民等在川采买山货，雇船载运往售，向未议有陈规，船户亦未兴邦，以至近年来，船户领货圆载之后，有奸巧代工水手，私搭外货，希图渔利，迨船重失事即乘机窃货……"从这些文字中可以推测，当时航运情况复杂，甚至比较混乱，二十一条船规，既是任河航运的一种乡规民约，也展示了当时这一段航运的自治情况。

木兰峡中段的这片石坡，其实是一个规模不小的码头。船过木兰峡，无论是逆水或是顺流，都必须在这里卸货，然后将空船抬过险滩，重新装船，这堪称古代航运的一种奇观。码头上最多的时候有上百艘商船停泊，卸货载货昼夜不歇，人声鼎沸。码头上呈阶梯状的条形巨石，既能放置货物，又便于船工行走，想想大自然真是为人类考虑得周到。

为什么在这样的深山老林里会有这么繁忙的航运、会有这样一段航运奇观？清咸丰年间，由于太平天国"割据"，长江水运受到阻塞，进入西南的主要商道被迫改走汉江任河。此后，又因军阀混战，这条水道就一直发挥着巨大的作用。四川、陕西、湖南、湖北等地的茶、麻、丝、漆、桐油、木耳、药材、钢铁、食盐、布匹等物品，都通过木兰峡码头中转，一时间，帆影绰绰、纤绳悠悠，船只络绎不绝。直到新中国成立后，天下太平，这里的航运才悄然落幕。

五

木兰峡的奇特，还在于河道一反大自然的常态，峡谷之上的河流明明向南流淌，入谷之际又偏偏折向北，击破大巴山的主脊，穿过险峰巨石，硬是从四川流到陕西，成为中国水系中唯一一条倒流河。

倒流河两岸山势奇特，鬼斧神工的木兰峡，硬是凌空飞下一千多米，在狂驰怒号中擒住桀骜不驯的蛟龙，把蜿蜒的大巴山拦腰斩断，形成一条横截大巴山南北的水上通道，悠长而壮丽。

不要以为木兰峡两岸只有险峻的山峰，除峡谷中段，两岸的高山之上还星星点点地分布着陕南特有的石板房。青青的石板，洁白的墙壁，掩映在绿树丛中，抬头仰望，白云环绕，炊烟袅袅，千米之上的人家仿佛生活在天上，令人感叹不已。

这还不是最奇特的。最让人惊叹的是当地人在高耸入云的山峰上修出的"天路"。公路仿佛挂在山崖之上，穿过"陡天坡""金竹峰"这样海拔千米之上的险峰，一路伸向山外，这就是闻名全国的"竹山村的天路"。青藏高原上的铁路被称为"天路"，那只是因为海拔高，而竹山村的天路是真正的天路。它是穿越白云的路，是从山顶挂下深谷的路，它不仅高，而且险而奇。这条路是村支书侯在德带领八百村民坚持数年，用最原始的工具一锤一锤砸出来、一锹一锹挖出来的。

目睹这样的天路，看着汽车在白云之中行驶，想想木兰峡的航运史，仿佛自己穿越了时空，成了历史与现实焊接的桥梁。从木兰峡古代的航运和今天开辟的"天路"，我体会到了当地人"知难而上，敢为人先"的精神，正是这种精神支撑着我们这个民族生生不息，汇聚成我们实现中国梦的强大力量。不知不觉，我对木兰峡有了更深刻的感悟，她也因此而令我流连忘返。因为那种精神上的感受已超出了山水之情，不仅让人忘却了尘世的烦忧，而且一种家国情怀油然而生。

大巴山中的"乡市"

在绵延起伏的大巴山中散落着一些古老的集镇,像一颗颗明珠,镶嵌在青山绿水之间。无论高山,还是深谷;无论依着大江,还是傍着小河,每隔三十里左右,就会有这样一个小集镇。平常这些集镇鸡犬桑麻,风恬月朗。只有到了逢场的时候,集镇才会变得喧闹起来。

逢场是大巴山中的自由集市贸易,一般是每隔三日一场。几个相邻的集镇不安排在同一天逢场,你逢"一四七"场,我逢"二五八"场,他逢"三六九"场,这样能方便商贩有较多的交易机会。这种约定俗成的风俗,像是特意安排的乡村市场,我们不妨称之为"乡市"吧。

大巴山中的"乡市"形成于哪朝哪代,今已无法考证,大巴山人祖祖辈辈就这样赶场:一四七在一个集镇赶场,二五八在相邻的另一个集镇赶场。只有集镇间的变动,没有省、市、县的限制。在三省交会的地方,昨天在四川一处集镇上赶一四七的场,今天又出现在陕西的某个镇子上赶二五八的场,明天可能又到了湖北境内。小商小贩像候鸟一样来来往往,辛苦地穿梭在崇山峻岭之间。

一次逢场就是一次"乡市",一次"乡市"就是一次商品交易会,赶场的基本活动是"买和卖",然而,仅买和卖还不是"乡市","乡市"的内涵要大得多。大巴山中有民谚:三六九逢场——看人。"乡市"像是专门安排人们聚会的。大巴山的乡民们分散居住在无数个山顶、山腰和山沟沟里,有的邻居可以相互遥望,但串一次门得从这山走到那山,即"望到屋、走到哭",尤其是过去交通不便,串一次门就是十里八里,逢场就成了人们重要的社交场合。人们主要到"乡市"上见见亲友，打听打听亲戚朋友的现状，约会情人、到亲戚家住几日，拉近一下关系，还有初次相亲的，在小镇的餐馆见个面、吃个饭，或者在男方或女方亲戚家里谈谈心，确定一下关系。逢场的时候，不仅街上人多，小镇家家户户有客，充满了欢声笑语。赶集购物成了一种捎带，"乡市"更像是一种娱乐和交际场。

不逢场的时候，集镇非常冷清，这样的日子被称为"冷场"。冷场的时候，街上几乎没有什么人。虽然一字排开的商铺都开着大门，却只有老板无聊地坐在柜台上翻动账本，或者独自打盹儿。收购站的小伙子开着大门，人却不见了踪影，不知是下河洗澡去了，还是躲在屋里和恋人卿卿我我。餐馆的大灶台早已封了火，偌大的餐厅只有主人家自己用小灶慢吞吞地煮饭。夏天，老太太们坐在屋檐下一边摇着大蒲扇，一边没完没了地聊着十里八村的家长里短；冬天，一群老汉晒着太阳，打着纸叶子牌，或者围着象棋摊子下棋，棋摊上升腾着旱烟的清香。小镇很宁静，唯有学校里孩子们琅琅的读书声传遍每一个角落。狭长的街道上，小狗小猫们悠闲地散着步，偶尔轻狂地打闹，或者几只大方的公狗在光天化日之下争相向一只母狗示爱……几乎所有大巴山中的小镇都是这样。这是一种生活的常态，大巴山人早已熟视无睹，像习惯了白天和黑夜交替一样习惯了"逢场"与"冷场"交替的生活。

一到逢场，街道上的景象完全变了。寂寞冷清一扫而光，取而代之的是热闹的人群和琳琅满目的物品，是声音、气味、色彩的交响曲。三天一次的逢场，如同惯性生活中的华彩乐章，使平静的生活突然出现了一个高潮；如同大巴山中的河流，平静中少不了来点波浪，荡起一阵又一阵的浪花。

热闹的气氛是村民用背篓一篓接一篓背来的。大巴山中的每一户村民都有背篓，而且还不止一个。家家户户的背篓都那样精美，男人们背着大的花篮背篓，老人和孩子们背着小的坛形背篓。有的背着几捆菜；有的背着几块腊肉；有的背着几只鸡；有的只背着一些鸡蛋，方圆几十里的村民，踩着露水打湿的山道，从四面八方汇集而来。背篓一落地就成了一个摊点，便有人围过来，一个、两个、三个……围成了一个圈子。街道更是挤得里三层外三层，各种吆喝声、讨价还价声此起彼伏，还有挑担的小贩为了能挤过人群，一边走一边吆喝："油来了，油来了。"那些打扮一新的姑娘小伙子就急忙闪到一边，回头一看发现上当了，小贩已笑嘻嘻地挤过了人群。这些生活的情趣，给平日异常冷清的古镇增添了无限暖意。

"乡市"一般在中午一两点散去，喧腾和热闹转瞬消失，小镇又恢复了平常的样子。人们背着装满商品的背篓回家，享受回味着赶场的收获，又开始了日出而作、日落而息的生活。赶场使人上瘾，总让人欲罢不能。人们或是等待，或是去赶下一站的"乡市"。赶场是一次欢聚，如同赶赴一次心驰神往的约会。

节日或年关的"乡市"会更热闹。为吸引四面八方的人，当地政府会张贴告示，邀请有关单位组织货物，也有文化、教育、卫生、科技等部门的下乡活动。有时在开阔的地方搭建舞台，请县里的地方戏班子表演。那时，集市上锣鼓喧天，热闹非凡……

逢场是乡村最热闹的时刻，是一种聚集人气的活动。它是乡村一代又一代人集体书写的记忆，是乡村最春光灿烂的梦想，更是一个地方经济文化的脉搏。

如今，市场空前繁荣，县城和发达的乡镇都成了"百日场"，几乎天天有"乡市"，时时都热闹。"冷场"已悄然退出了人们的视野，大山深处的小镇多了些现代气息，少了许多古朴风情；多了些喧嚣浮华，少了许多凝重风韵。然而，传统的"乡市"却依然存在，很多人坚守着这一传统，似乎只有按照古老的历史轨迹生活，人们才会感觉踏实。"二五八"逢场的地方，每逢二、五、八的日期，市场上明显要比平时热闹，也只有在这个时候，才能买到一些平时难以见到的山货，见到一些久违的农村亲友，但这一坚守，不知是否能够传承，"乡市"的远去似乎成为一种不可动摇的趋势。远去的"乡市"即将成为一种怀念，成为又一种美丽的乡愁。

时光深处的"紫邑宦镇"

我最早喝到的绿茶，就是陕南紫阳县焕古镇出产的紫阳毛尖。四十多年前，我还生活在新疆，距离这个汉江边上的古镇有五千多公里的路程。父亲是紫阳人，茶是紫阳亲友邮寄的。那时我还年幼，之所以对喝茶难以忘怀，也是因为父亲。他将茶视若珍宝，每天霸占着个小茶壶，几乎是手不离壶。我只有考试得了很高的分，他才会奖励性地让我喝上两口。每每在这个时候，他总会说这是焕古产的紫阳毛尖，是天下最好的茶，古时候是皇帝喝的。父亲讲这些话的时候神情庄重，而我总怀疑父亲是在吹牛。怀疑归怀疑，紫阳毛尖却下意识地铭记在我的心中，渗透在我的血液和骨髓里。有时，感觉这茶是一根脐带，连着我和遥远的古镇。

后来，我随父亲回到紫阳，天天喝着紫阳毛尖，也像父亲那样，习惯一个人抱个小茶壶，没事就品上几口。宁可三日无食，不能一日无茶。每年清明前后，我总是托人到焕古镇买十斤茶，做足一年的储备。这时候我才知道焕古所产的紫阳毛尖居然是最古老的贡茶。《新唐书·地理志》记载有"金州汉阴郡土贡：麸金，茶牙，椒，乾漆"。焕古在唐代是汉阴郡的茶乡，这里的贡品茶牙就是紫阳毛尖。这是史志上的文字，看来父亲并没有吹牛，他的那种自豪感也就传给了我，变成了一种挥之不去的乡情。

其实，让紫阳人自豪的，不仅仅是这茶是最古老的贡茶，而是这茶曾沿着丝绸之路翻山越岭，伴着悠扬的驼铃声，迈过雄关漫道，穿过漫漫黄沙，踏上万里征程，走出过一条连接欧亚大陆的文明史。有学者研究认为，公元前3世纪至公元8世纪，包括焕古在内的汉水流域曾有过辉煌的文明。从秦汉到盛唐，这里的繁华不亚于中原大地，而紫阳毛尖更是这段时光中的骄子。

紫阳县焕古镇出产的紫阳毛尖，不仅色香味俱佳，泡于杯中，还会有一种奇妙的现象：每杯茶中，有一、二、三或者稍多片茶叶，不是像其他茶叶一样，横七竖八地沉底，而是竖于水中，一芽一叶，或者一芽二叶，稍向上，叶柄和嫩枝朝下，仿佛是水中之花含苞待放。焕古镇古时候叫"宦姑滩"，又被称为"紫邑宦镇"。为了防止其他地方的茶商用假茶冒充紫阳毛尖，官方将焕古茶区所产的紫阳毛尖统一打包，加盖"紫邑宦镇"印戳，装船溯汉江上行，或者从陆路人工背运，跋山涉水到西乡，换上驼马，穿过巍峨秦岭，至甘肃两当，西入青海，北达新疆，或北往宝鸡至甘肃平凉再转到宁夏。"紫邑宦镇"成了一个把地名与物产结合在一起的商标。正是这古色古香的地理商标，把紫阳毛尖带到了很远很远的地方。

古代的汉江水运多暗礁险滩，又受季节影响，运输受限，大量茶需要通过陆路运输，而西去的山路，山高路险，河道密布。与茶马道不同，这些茶不是骡马驮出去的，而是人工背运出去的。那些背茶的脚夫，被称为"背佬儿"，背篓背身上，打杵拿手中，走走停停，停下来时用打杵支着背篓休息，有时还可以挥舞着打杵驱赶野兽。他们一趟背上两三百斤的茶，是家常便饭。有"背佬儿"害怕涉水磨损了草鞋，干脆赤脚背行。最传奇的是有"背佬儿"能够背着二百多斤的茶蹲下来摘地上的野花。这是一条穿越秦巴山区的艰险之路，是先民们勤劳勇敢的象征。

早在两汉时期，焕古茶香就诱惑着无数的商旅，每当北国迎来了呢喃的紫燕，西域等地的商人便结伴翻过秦岭，蹚过一条条溪水，拥进古镇。小镇那些曲曲折折的小巷立刻膨胀了，茶的香味，女人的娇声细语，还有西域大汉的强壮身躯，以及听得懂的和听不懂的各类语言混杂，小镇被挤得热气腾腾。茶庄、栈房、餐馆、票号，甚至镇外的茶园里都吆吆喝喝、叽叽喳喳，轰轰隆隆、热气腾腾把附近几条溪水都挤得枯瘦无比。

20世纪80年代，在紫阳县焕古镇发现的一批古波斯银币，吸引了众多学者的目光。《隋书·食货志》记载："河西诸郡，或用西域金、银之钱，而官不禁。"河西与紫阳商贸往来频繁，而巴山深处的焕古镇是否也在这个流通区域之内？也是这一年，一位李姓村民在挖地时无意间挖出一块"胡弦带板钩"。带板是波斯人束在腰间革带上的饰物，这块"胡弦带板钩"上雕刻着一个女性舞伎，其头戴流苏珠翠头饰，身上缀着璎珞，窄窄的袖口，裸露的前胸在环绕的飘带中，高举双手，赤着左足立于圆形舞毯上，旋转起舞。舞者形象逼真，栩栩如生，令人情不自禁地吟诵："左旋右转不知疲，千匝万周无已时。"于是学者们满山坡寻找，一块又一块的"胡弦带板钩"被发掘出来。这一块块小小的"胡弦带板钩"早于白居易诗作《胡旋女》三百多年就来到焕古这个地方，而这一切都源于茶叶，源于"紫邑宦镇"的诱惑。

作为千年古镇，焕古镇静静地依偎在汉江之滨，穿越千年时空，美丽依旧。早晨，古镇在迷雾中若隐若现，隐藏于美丽的面纱后面，傍晚，暮色四合，古镇伴着无数的灯与星的光辉，晃动在汉江波涛声中，如同仙境，难见真容。去年十月，随一群作家深入焕古采风，我才真正地感受到古镇古韵。焕古依山傍水，蜿蜒多姿，河岸弯弯曲曲，像中国地图上的海岸线一般曲折。街道依山而建，起起伏伏，径巷相通，茶馆林立，房屋多是具有清末民居特色的木墙、石板房、吊脚楼。焕古的建设修旧如旧，没有大拆大建。走进焕古，仿佛走进了古代。我们到焕古采风，不是去镂空那些曾经南来北往的商旅故事，而是去探索"紫邑宦镇"留下来的思考。我们的祖先不畏艰险，肩挑背驮，穿越秦岭，从这里起步，打通了一条连接丝绸之路的商业通道。这种敢为人先的开拓精神，让我想起了同饮汉江水的张骞。他被汉武帝封为"博望侯"，显然是取了"宏博瞻望"之义。博望是一种眼光，一种襟怀，一种气度，就是博广瞻望，放眼世界。"紫邑宦镇"也是放眼世界走出去的。当我在新疆和父亲品尝紫阳毛尖的时候，两千多年前，新疆甚至中亚各地的人就已品尝到了这样的好茶。他们是用两只羊来兑换一块茶饼，小心翼翼地保存，这是消食化积、加深感情的宝贝。甚至那些盖着"紫邑宦镇"

印记的麻袋，都成为一种抢手的商品。他们不认得"紫邑宦镇"这四个方块字，但他们奉如神物，视之吉祥，因为这是来自"天朝"的文明。他们对茶的热爱丝毫不亚于我们对西域歌舞的喜爱。

　　两千年过去了，我们已经进入了一个新的时代，科技工作者发现紫阳毛尖中富含人体必需的"硒"元素，紫阳富硒茶开发研究的成果已通过专家鉴定。听到这个消息，早年在甘肃发动两当兵变时就爱喝紫阳毛尖，并调侃称这茶为"紫阳叶子"的老一辈革命家习仲勋欣然题词："健康佳品，驰誉神州"。而今"紫阳富硒茶"替代了"紫邑宦镇"，成为一种新的集地理物产和科学发现为一体的地理标志产品，意气风发地重新踏上新的丝绸之路，新一代焕古人更是继承了开拓进取的精神，通过互联网将一盒盒紫阳毛尖送到远方。

三到克拉玛依

　　除了故乡的小城外，与我缘分深、渊源长的城市就数新疆的克拉玛依市了。缘分深是因为我曾三次到过那里，不是旅游，也不是出差，而是每次都在那里生活一段时间；渊源长，是因为这三次的时间跨度超过了四十年。

　　克拉玛依在维吾尔语中意为"黑色的油"。20世纪50年代，那里还是个没有草、没有水，连鸟儿也不肯飞去的戈壁荒滩。一位叫赛礼木巴依的维吾尔族老大爷，在无意中发现了这个油田，从此在戈壁荒滩上上演了一场美丽的神话：密密麻麻的井架，滚滚流出的石油，托起了这座年轻的城市。

　　第一次到克拉玛依时，我还是一个小小少年。那时我生活在新疆，家住克拉玛依邻近的和布克草原。记不清是因为父母工作忙，还是其他什么原因，我在克拉玛依的三姑家住了一个暑假。那一次，我对这座石油城市的印象很不好，感觉这里整天灰蒙蒙的，风沙也很大。除了街道宽、房屋多，能花两分钱买到一根冰棍吃，其他也没有什么新鲜的了。三姑家一出门就面对戈壁滩，一望无际，没有树，没有草，听不到鸟叫，也看不到河流。这对于一个生活在草原上的孩子来讲，是很不习惯的。更要命的是三姑家的孩子都比我大，我虽然愿意当他们的跟屁虫，可他们却对我这个小不点不感兴趣。想下河洗澡，他们说没河，干脆把我带进澡堂里；想去爬树，他们说有树的地方很远，你爬电线杆吧！那时候的电线杆还是木桩子，光秃秃毫无生机。这种生活环境，我怎么可能对这里产生好感呢。其实那些表哥们也没有骗我，当时只有人民公园和友谊路那一带树多一点儿，但基本上被大人们用来乘凉、下棋了。

长大以后，读了艾青的诗"克拉玛依，你是沙漠的美人"。总感觉有点夸张。20世纪50年代，克拉玛依还是不毛之地，克拉玛依人在这里顶烈日、抗严寒，用鲜血、智慧、汗水，转战天山南北、鏖战沙漠戈壁开采石油，建成被称为"共和国石油长子"的第一座大油田，也建起了这座石油城。说是英雄的城市它当之无愧，至于美丽，那可真有些牵强。

后来，我离开了新疆，几乎将这座城市淡忘，偶尔会想念这里的亲友。舅舅到这里工作后，我和他通过几次信，每次在信中我都会抱怨克拉玛依的风沙和烈日，夸耀南方的青山绿水。

2005年，我第二次去了克拉玛依，那是因为我下海经商，想到这座石油城寻找商机。那次去克拉玛依，对这座全国最小的地级城市的印象有了很大的改观：感觉这座城市变绿了，街道两边有整齐而婆娑的绿树，广场和小区随处是一片片绿地，在我住的塔和路的东头还有成片的防护林，走在里面，仿佛走进了幽静的丛林。

水也成了这个城市的亮点。克拉玛依地处内陆干旱地区，本来是缺水的。我很小的时候就听说过克拉玛依人用马车拉水，骆驼驮水，人工背水。20世纪90年代，克拉玛依人从千里之外的阿尔泰山下开挖运河引水而来，修建了九龙潭和阿依古纳水库两个水利工程枢纽。九龙潭气势磅礴，河水从高空的龙口里飞泻而下，宛如飞珠溅玉般。因自然落差而形成的水汽，像雾弥漫在半空中，在金色的阳光下化作如幻影般跳动的彩虹。西郊的阿依古纳水库则很文静，如一个美丽纯情的少女，这是一个容量不大的小水库，可是给克拉玛依这座缺水的城市带来了无限生机。

朋友告诉我因为有了水，克拉玛依市大搞城市绿化、建景区，等以后石油采完了，就能用绿色产业代替黑色产业，用旅游业代替重工业了。朋友一再鼓励我到这里来投资园艺，说这个产业在克拉玛依市最受欢迎。但我当时对这个产业在克拉玛依市的前景并不十分看好，感觉克拉玛依人喜欢赶潮流。当时正是旅游业刚刚兴起，全国各地都在大办旅游。可是在一个戈壁滩上的城市搞园艺，恐怕可以和愚公移山比肩了。这座城市地下有盐碱，地上有狂风，盛夏酷暑，凛冬严寒，在这样的环境里发展绿色产业可能比登天还难。当时克拉玛依市的旅游业也不景气，那几个月我跑遍了全城，到过所有朋友推荐的地方，然而我在景区里碰到的清洁工、巡警和工作人员比游客都多。这种情况，怎么可能让我心动，怎么可能让我不远千里跑来投资园艺和旅游业呢？那次的克拉玛依之行虽然是无功而返，但这座城市的绿色给我留下了深刻的印象，也开始认同诗人说的"克拉玛依，你是沙漠的美人"。

2018年，我再次去了克拉玛依。这次是因为到伊犁旅游，顺便去看望舅舅。说实话，克拉玛依本不在我的旅游计划中，但舅舅说这里变化太大了，一定让我在市区到处转转。在他的导游下，我重新认识了这座城市。

可以说克拉玛依真正成了绿色城市，街道、小区无处不绿。除了绿树和绿草，家家户户的阳台上都有花草，到政府机关和企事业单位随便走走，几乎所有的办公室里都有大盆小盆的绿色植物，感觉克拉玛依人有一种不把城市变绿不罢休的情怀。

旅游景区自不必说，九龙潭和阿依古纳水库植被更加茂盛。九龙潭的人工飞瀑在茂密的树丛中更加逼真，宛如自然形成，那种飞流直下的气势和巨大的水声震撼人心。阿依古纳水库也是绿树成荫，游人如织，这些本来是为引水服务的工程，克拉玛依人匠心独运地在这里建起了景区。九龙潭亭台楼榭，风景迷人。阿依古纳水库岸边修建了望江亭，上亭远望，湖光山色、蓝天白云和岸边的树木花草倒映在水中，别有一番韵味。和新疆其他地区的湖光山色不同，那些是大自然的鬼斧神工，克拉玛依市内的景区都是人工景区，是克拉玛依人巧手绘制、精心打造的。而许多城市因为发展磨掉了个性，克拉玛依却在建设和发展中形成了个性和特色。

两个景区之间，由美丽的克拉玛依河连接。这条河穿城而过，曲曲折折，河上有很多桥，河边有很多公园。这条河是人工河，是从千里之外的额尔齐斯河，穿沙漠，过戈壁，钻隧道，开明渠，历经十年将水引到九龙潭，又从九龙潭飞奔而来。它为这座工业城市带来了勃勃生机。克拉玛依河两岸碧草连天，绿树成荫，使城市变成了林中城、绿色城。走在河边，仿佛到了世外桃源。

　　我第三次到克拉玛依，在惊叹于克拉玛依的绿色之余，竟然真的爱上了这座城市。她不再是富饶的油城那么简单，也不再是风尘弥漫的戈壁城市那么单调，她是绿色的，是迷人的，是风情万种的。她真的是一位"沙漠的美人"。

走近珠穆朗玛峰

  在之前的很多年里，我从没有想过要去西藏，更没有想过走近珠穆朗玛峰。似乎这些地方离我非常遥远。传说中的高原反应，恶劣的气候条件，遥远的距离，令我不敢去想。

  我还是小学生的时候就知道珠穆朗玛峰，那时候小学有一门课叫"自然常识"，课中介绍了很多地理知识。我从中了解了珠穆朗玛峰，知道她是世界最高峰，海拔8848.13米。那个时候我没有海拔的概念，天真地认为站在珠穆朗玛峰脚下，垂直耸立的珠穆朗玛峰有8000多米高。那个时候，我身高只有一米二，心想珠穆朗玛峰比我8000个叠加起来都高，那是怎样的一个存在啊？再一计算，8000多米就是8公里多。那个时候我还是细腿细胳膊，平地上行走8公里都很困难，何况登山？后来我又看了一部表现我国登山运动员攀登珠穆朗玛峰的纪录片，冰川、雪峰、严寒的天气以及攀登的艰辛，深深地印在我的脑海里挥之不去。到珠穆朗玛峰，那是探险家、登山运动员的事，普通人如何敢想。

  然而，人生有很多奇怪的现象。往往你预定的目标，总是无法抵达，而你从不去想的人或者事，总是会在不经意间，以各种各样的因缘悄悄走近你。今年我原本计划去湖南旅游，想去看看沈从文笔下的边城，但因琐事耽误，迟迟没有去。有朋友建议我去西藏，说一生不去西藏是件遗憾的事。朋友是搞摄影的，去过的地方多，他的建议令我心动。和家人说我要去西藏，遭到一致反对。五十多岁的人了，还跑到那么远的地方去折腾什么呢。后来看我意志坚定，也都无可奈何地同意了。女儿坚持要陪我去，孩子是担心我受不了西藏的气候，怕有意外。

女儿是学医的，有她陪伴，我信心更加坚定。我开始向一些去过西藏的朋友打听西藏的风光和去西藏的注意事项。一位去过西藏多次的好友对我说，他四年前去西藏和四年后去西藏简直不能同日而语，四年前还可以在海拔5000米以上的山口蹦蹦跳跳，四年后就力不从心了。说者无意，听者有心，我想可能年纪大了就去不了西藏了，何不趁早。

即使登上飞往西藏的飞机，我也没敢想去珠穆朗玛峰。我向往的是布达拉宫的金碧辉煌、八廓街上的热闹繁华，是那一座座山、一座座山川相连，是辽阔的高原牧场，以及那些奔跑在草原上的野生动物和自然风光。

到西藏后，我们坐着汽车到处跑，在鲁朗林海骑过马；到雅鲁藏布江峡谷探过秘；在雍布拉康听过文成公主的传说；到扎什伦布寺参观过殿宇重叠、金碧辉煌、红白相映的宏伟建筑，聆听过晨钟暮鼓；也在高原上享受过野温泉的浪漫和惬意。四五天下来，发现自己一点高原反应也没有，女儿带着的大包医药毫无用武之地。这让我感觉一个人不能对未知的领域有太多的恐惧，不能仅凭一知半解或道听途说给自己设限，只有亲身实践，才能享受世间的美景。王安石说："夫夷以近，则游者众；险以远，则至者少。而世之奇伟、瑰怪，非常之观，常在于险远，而人之所罕至焉，故非有志者不能至也。"以前不曾想过到西藏，是因为认识模糊，给自己设了限，也就无从有志了，也因此几乎错过这"世界屋脊"的美景，特别是到了羊湖，天水相融，浑然一体，闲游湖畔，如临仙境，那一瞬间，仿佛自己融入天地之间一般，心灵纯洁如远处洁白的雪山。

在羊湖，同车的两个小姑娘下车返回拉萨，她们说前去珠穆朗玛峰身体可能受不了。女儿征求我的意见，问我去不去珠穆朗玛峰，我没有迟疑，一种豪迈之情油然而生。这是我漫长人生中离珠穆朗玛峰最近的时刻，我不能迟疑，我不能退缩，我要勇敢地前往。

去珠穆朗玛峰的山路，螺旋式上升，弯道一个接着一个，一圈一圈的，大圈套着小圈，像大海里的波浪，一浪更比一浪高。这条路曲折、陡峭，据说有108道弯。透过车窗能清楚地看到刚刚驶过的弯道似乎就垂直在自己脚下几十米处，而自己好像腾云驾雾一般。虽然是柏油马路，可只有两车道，中间画着黄线，上、下的车辆无不小心翼翼地，贴着生与死的边缘艰难地爬行。海拔慢慢升高，经幡不时出现，偶尔能看到盛开的格桑花，给寂静的山冈带来一丝生机。在海拔5000多米的加乌拉山口，我们停下来休息，我虔诚地在尼玛堆上挂上经幡，遥望珠穆朗玛峰并顶礼膜拜。知道珠穆朗玛峰近在咫尺，我再也做不到波澜不惊了。

到达珠穆朗玛峰大本营，上到海拔5300米左右，我看到了珠穆朗玛峰，可惜云雾弥漫，看不清她的面容。我在峰前徘徊，在布满石子的小溪边散步。虽然凉风习习、寒气逼人，但我的心里暖暖的像洒满了三月的阳光。我捧起溪水，又洒向溪水，开心得像个孩童。我望着溪水溅起的浪花，生发了无限感慨。也许我洒的这一捧水会流入长江、黄河，在江南的某一处稻田里滋养稻花，或者在中原的某个村落里被另一个人捧起来洒向鲜花的枝头。在世界第一高峰面前，感觉天与地，感觉东南西北中的任何一个地方都与我紧密相连，不可分割。

一会儿天晴了，一座雪峰赫然耸立眼前。一丝云都没有，清晰的山、白亮的雪，凛然地、大度地、婀娜多姿地站在我面前。这么近，这么清，我感觉到了她的微笑、她的友好。历尽了千辛万苦，在这一刻，盯着这座山峰，我泪流满面，久久不能平静。而那些和我一样远道而来的游客，一个个也如我一般兴奋和激动。一位七十多岁的老人高喊着："珠穆朗玛峰，我来了！"像运动员跑百米一样冲向珠穆朗玛峰，全然忘记了可能会引起高原反应。

与这位老人攀谈，发现他和我竟然完全一样，从来没有想过能来西藏，能这样亲近珠穆朗玛峰。他也和我一样，从小就知道珠穆朗玛峰，也和我一样，固执地认为站在珠穆朗玛峰前，珠穆朗玛峰是笔直耸立，有8000多米高，几十年来，也从来没敢想过登一登珠穆朗玛峰，也不曾想到过坐汽车能上到5300米以上。少年时代的模糊认识给我们戴上了枷锁，让我们自我设限，虚度了几十年光阴。

近距离观看珠穆朗玛峰，有一种想要拥抱她的冲动，甚至十分向往那种山高人为峰的境界。

也许我此生登不上珠穆朗玛峰之顶，但能够在海拔5000米以上亲近珠穆朗玛峰，足矣！

序 跋

　　也许真的没有一种文字像序和跋这样最直接、最坦率、最真诚地告诉读者，我是这样读的，我是这样看的，我是这样探索的……

《人生无悔》序

　　我一直固执地认为，序这种文字应该是老师写给学生，或者长辈写给晚辈的鼓励性文字。所以，我出书时的序都是请我的老师来写。我自己一般是不会给人写序的。然而，显明老哥要出书，并一定要我为他写序，我很为难，这等于让我放弃坚守的原则，几经踌躇，我还是应承了下来。我想，让我无法拒绝的是他对于文学的那份执着、那种热爱，还有"人生无悔"这样一个沉甸甸的书名。

　　大约在二十多年前，我在一个叫绕溪的乡上工作，听一位叫栾成义的同事说起他们麻柳乡书院村有个叫王显明的人，文章写得好，是当地名人。我颇不以为意，心想穷乡僻壤里能出多大的文人，不过是"米粒之光，也放华彩"罢了。我那时不写文章，也看不上写文章这行当。我总认为写文章应该是女子干的事，男人自有男人该做的事。后来，我下海，几经折腾，浪里翻腾，喝够了苦涩的海水，最终坐下来写文章，才知道写文章是能够安慰自己和别人的良药良方。对于经历曲折、命运不济者来讲，写文章可能是一种安放灵魂的方式。我那时在新浪网开了个博客，写些自己感悟人生的文章。也就是这一时期，我看到了王显明的博客，开始读他的一些文章。我发现，他实在和我一样，喜欢写什么就写什么，写作的内容随心所欲，写作的方式也不拘一格。这和那些一门心思写诗歌，或者专业写小说的人很不相同。而且他似乎比我走得更远，他的写作题材也比我更为宽泛。除了散文随笔、诗词、小说，他还写民间故事、三句半、相声快板、歌词格言之类的，他的博客像一个大花园，算得上百花齐放。就这样，他一路写下来，就有了上百万字的积累，开始考虑出一本书了。

究竟出一本怎样的书，这让他很为难。因为他的文章很杂，很难归类。经过几位朋友的讨论，总算挑选了这一百二十八篇体裁相近的文章，这本名为《人生无悔》的散文随笔集就形成了。

虽然是经过认真的挑选，但由于作者平时写作取材广泛，写作方式又不拘一格，全书从内容上看依然很杂。有写初恋的，如《遗落在矿山的青涩岁月》；有写亲情的，如《父亲》《怀念岳父》；有写乡间人物的，如《磨匠》《篾匠》《跛大爷》；有写节令风俗的，如《打春》《立秋》《冬至》；还有写作者旅游见闻的，如《内蒙古一游》《潼关古道》等。好像生活有多杂，书的内容就有多杂！不过杂是杂了点，却不凌乱。因为每篇文章都是写生活，都倾注了作者的所思所想，表达了作者对人生、对生活独特的感悟。我手写我心，这是一个有真性情的人写的充满真情的文字。最可贵的是作者写乡土，并没有一味地感叹乡土的衰败，而是热情讴歌了乡土在大时代中的发展变化。其中很多篇章都写出了小人物在大时代中的命运浮沉，折射了社会巨变的时代印记。

显明老哥是一个命途多舛的人。他出身贫寒，小时候经常挨饿，十四岁当了乡村教师，成为"孩子王"。此后他在教育殿堂上一路耕耘，虽工作勤勉，却因为人耿直，不善投机钻营，所以做了一辈子老实人，吃了一辈子老实亏。但他无怨无悔，伴着煤油灯刻苦攻读，拿到大学文凭，写下百万字的作品。2011年，他又因车祸致残，再也无法离开拐杖。此后，他一方面拄着拐杖四处奔波，找工伤鉴定，报销医疗费用，一方面坚持写作，艰难地打发着养伤治伤的日子。那段时间，我忙于编辑党史读本《红色记忆》，考虑到他熟悉麻柳坝的革命斗争史，打电话邀请他写了《女红军冯苏》《女游击队长王世凤》两篇文章。这是没有稿费的公益写作，很大程度上是给我帮忙，但他爽快地答应，并保质保量地完成了任务，而我并不知道他当时的处境。他就是这样一个人，无论境况如何，总是乐观地面对他人、面对生活、面对一切。生活中的他身材矮小、相貌平平，却有着丰富的内心世界：他是一个精神巨人。

我常常想，一个人过了五十，知了天命，特别是一个才华横溢，而又历经坎坷的人，一个经受了人情冷暖、世态炎凉的人，没有哀叹命运不公，没有看破红尘，没有意志消沉，依然对生活充满激情，充满热爱，可以说他就是在薄情的世界里深情地活着的人。这是怎样的一种乐观豁达！他把这本书定名为《人生无悔》，又是怎样的一种淡定与从容。想起一首歌："苦也无悔，爱也无悔，只有无悔的人生才爱得更加彻底；忧也无悔，怨也无悔，只有无悔的人生才奉献自己。"我想，显明老哥就是这样的人。他的书所书写的也正是这样的人生。而我，作为他的朋友，感慨他对文学的热爱，感慨他对无常命运的达观，感慨他的人生无悔，拉拉杂杂地写了这些文字，实在是：情所系，勉为序！

《岁月的回声》后记

《岁月的回声》是我的第二部散文随笔集。

这部散文随笔集所写的内容大都与紫阳县的历史文化有关，时间跨度超过了两百年。严格地讲，书中的一部分文章应该属于历史的回声，而我为什么没有把这本书取名为"历史的回声"，主要是"历史"这个词太大、太沉重、太坚硬，容易让人透不过气来，也容易使读者产生误解，以为这是一本历史学方面的学术文集。相比之下，"岁月"这个词要小、要有温度，也多了些诗情画意的味道。我写文章，常取小事，希望能够小中见大。即使写历史，我也是努力寻找一个很小的角度，站在一个普通人的立场和视角上，而不是从学术的视角去写。其实历史不过是前人的生产、生活记录，是那些被岁月冲刷过而没有被埋没在时间流沙中的故事。

我一直以为，散文是个很宽泛的概念，不是韵文，就一定是散文。我很少写韵文，不是不会写，而是感觉韵文不便于表达我对生活的理解，也不便于抒发我的情感。

我写散文，一开始就刻意回避那种生活性的写作。我没有依赖个人人生阅历和精神矿藏写传统意义上的抒情散文，没有陷入抒发个人情感、尺水兴波，而是把目光投入地方历史长河中，虽然没有做到"铁肩担道义，妙手著文章"，但我写的也绝不是针头线脑的琐事，更不是花前月下的个人情事。如果那样写，写作的视野不够开阔，文章的境界不够深远，个人的思想也不够深刻，自然也没有办法去追求先贤们那种"穷尽宇宙人生"的理想境界。

　　这部集子大多数文章应该算是人文随笔，这两年，我写了很多这样的随笔。人文随笔不是学术，是文学。这类作品，需要观察天地山川，需要思考自然与人类的关系，也需要翻阅古籍，查阅档案，与历史文献对话；写作的时候还要打开心扉，和自己对话，让思想在现实、历史、哲学和美学多维世界中飞翔。人文随笔的写作，还是一种采风创作，是采集、创造并记录生命文化信息，丰富人类社会的记忆。

　　本书的第一辑，写家乡的山水，希望能引领读者来阅读我的家乡——紫阳，更希望能够指向山峦高处，人文深处。第二、三辑从地方历史事件和历史人物中生发开去，希望抛砖引玉，写出这片神秘土地的文化底蕴。而第四辑冠名以"文化乡土"，想集中突出紫阳本土文化的魅力。人是社会化的产物，无人不被文化所影响，文化就存在于人们的现实生活中（我称为活态文化）。生活中的饮食男女以及他们的衣食住行、劳作娱乐、节庆嬉闹、欲望梦想，是文化的日常景观和本真之相。写紫阳地域人文随笔，就是为紫阳地域文化写艺术性的证词。我坚信写人文随笔是一件非常有意义的事。第五辑中的文字，多数是我在有意无意之间所写，大部分是对往事的回忆。有意是因为人到中年，总会对往事有所感悟，总是希望将一些感悟写出来，记录自身的成长，也记录生活与时代的印记；无意，是因为一些过去的人和事常常温暖着我，我常常在孤灯只影的夜晚，不能自已，到了非写不可的地步。努力写了这一辑勉强能称之为散文的东西，是希望能与读者一起乘着记忆之舟在时间的长河里逆流而上，追寻那些曾经泛起生命涟漪的往事；就像打捞起沉沙的折戟，细细磨洗之后，辨认人生的过往。在人生的旅途中，我愿意做一个深情的回望者，时时驻足，处处打量，用埋藏心灵深处的记忆承载关于生命与时间的思考。

　　能够完成这本书的创作，首先要感谢县政协的领导，他们为我提供了较好的创作平台，宽松的工作环境。政协办公室的田波和唐朝晖先生帮助我校对了书稿；诗人唐凯帮我最后审订了书稿；我的老同学老朋友但玢再次为我题写了书名，还陪他的堂弟但汉军熬夜为本书设计了封面和封底；我的老师徐新人更是倾心为我作序，他的序言评人评文都恰如其分，字里行间充满了真诚与关爱，且语言生动活泼，行云流水，堪称序之精品。让我感动的是元月一日我托同学张凤鸣将书稿带到安康，他第二天就一气呵成，洋洋洒洒写出了一篇热情洋溢的序言。如果不是长期对我的关注，这样短的时间内是写不出这样的好文的。更让我感动的是第三天、第四天他又精益求精将序言做了反复修改，还认真标出了书稿中的错字、别字。他的序言在微信中传播后，好评如潮，一些同学旧友纷纷打电话求书，而此时，书稿才刚刚通过出版社的审批。如此深情厚谊，也催促我加快了出书的步伐，我是被老师和同学、旧友们推着前行，这或许也是我能够坚守创作的原因之一吧。应该感谢的人还有很多，这里我无法一一点出他们的名字，但是，他们平时的关心和鼓励，我将铭刻于心，并化作创作的激情和力量，写出更多更好的作品来回报这一方土地和这些善良友好的人们。

在这里，我不想写诸如"因时间短暂、水平有限，书中难免有错……"之类的官话、套话。时间短，可以多用点时间；水平有限，就等水平到了再写。我只想说，无论时间长短，水平高低，我都是用真情完成的这本书，我不在意是哪家出版社出版，也不在意将来能否获奖，我只是用真诚来回报生我养我的这片土地，但愿读者能够喜欢。

将书稿送进印刷厂排版，已是腊月中旬。过了腊八就是年，我仿佛听到了新年的钟声。要过年了，"年"是旧的一年的终点，又是新的一年的起点，但愿新的一年里，我能够像老师在序言中所期望的那样："站得再高一点，看得再远一点，追求得再坚定执着一点，写出更多更好的作品！"

2017年1月8日于紫阳

心的重量，书的分量

——杨世银先生《巴山红叶》读后叙言

　　去年夏天，杨世银先生对我说，他准备写一本书，我很支持他的想法。先生当过农民，参过军，在火热的社会主义建设时期，实干加巧干，成为当时"农业学大寨"的典型，从大队党支部书记成长为县委副书记，还当选为中共十大代表。这样一个曾经叱咤风云的人，将其波澜壮阔的人生经历写出来，一定十分精彩。

　　我和杨世银先生十分熟悉，他是我父亲的生前好友，也是我的洞河老乡。20世纪90年代，我在原洞河区石坝乡工作时，他是洞河区区委书记，因此他还是我的老领导。后来我在党史研究室从事党史研究，用了很长时间查阅过与他相关的档案资料，写出了《中共十大代表杨世银》一文，他又成了我研究的对象和笔下的人物。然而，任何研究性、评价性的文章，都不如当事人自己写的经历更直观、更亲切、更生动，因此，我热切地盼望他能够早日完成写书出书的心愿。

　　不到半年，这部约十五万字的《巴山红叶》书稿就完成了。我有些意外，一是对他写书的速度感到意外。半年写十五万字，对于很多职业作家来讲都不是一件容易的事，何况杨世银先生已七十岁高龄，而且只上过三年小学，又不会使用电脑。在今天这样一个浮躁的年代，坚守一张方桌，手写一部书稿，这需要多大的定力和毅力！意外之二，他不是写自传，而是用了大量篇幅讲述自己人生道路上受人恩情的生动故事，连我在档案局时送他几本书也赫然记录在其中，令人感叹。如今的机关单位，到处堆满了书报，却很少有人去读，甚至望也没有多少人望上一眼，很多书报都作废品处理了。而先生却四处找书来读，我随手送了他几本书，他却当作一种恩情用心记录下来，这是一种怎样的情怀！

杨世银先生自幼贫困，只上了三年级小学，就辍学到农业社放牛，开始分担家庭的重担。然而，在繁重的劳动和后来繁忙的工作中，他始终坚持自学。他写公文，也写诗词，他甚至尝试过写各种各样的文章。1995年，我在石坝乡长弯村搞基层组织整顿，在汇报会上我讲了一件事："我们下乡清理和公示集体账目，一位老婆婆感动地说'毛主席的干部回来了'。"当时只是一般性的工作汇报，没想到，第二天，杨世银先生就以《毛主席的干部回来了》为题写了一篇新闻报道。这是我第一次看他写的文章，字写得漂亮，文章写得生动，而且充满了感情。当然，这篇报道没能发表出来，因为题目容易引起争议。其实，只要将标题改成《好干部回来了》，在当时的政治形势下，恐怕连《人民日报》也会发表的。然而，他没有改，因为他是老实人，做老实事才是他的风格。我也从这件事上深刻地体味出一位那个时代成长起来的领导干部的那种真诚情怀。

我女儿曾问我："什么样的文章才是好文章？什么样的书才称得上好书？"我沉思良久告诉她："只要是我手写我心，写出了自己独特的感受，语言生动流畅就是好文章；只要一本书能够让我们增长见识，陶冶情操，能够给我们有所启迪和帮助就是好书。"那时候我女儿上初中，原来以为这只是给一个中学生的参考答案，一个写文章或读好书的标准。几年下来，我越来越感觉到这样的标准适合于当代社会的所有写作者，包括很多的作家。我一直在思考，为什么作家这样一个神圣的称号越来越让人反感？因为很多作家写书，不是从生活出发，不是我手写我心，没有自己独特的感受，他们的写作是从观念出发，从公共经验出发，甚至用词造句都懒得用功费神。作家们自己在砸作家这块金字招牌。倒是不少业余写作者，始终坚持从生活出发，写自己的生活感受，时不时让我们看到一些好作品。杨世银的这本《巴山红叶》就是一部"我手写我心"的好作品。

《巴山红叶》一书，分为"记恩篇""读书篇""洞河篇""自我篇""荣誉篇"五个部分，全书没有华丽的语言，没有惊险的情节，也没有空洞的说教、乏味的议论。作者只是平静地讲述自己人生的经历，讲述自己人生道路上遇到的一些人和事，一些对生活的感悟和看法，语言朴实，娓娓道来。使读者能够在分享他人生经验的同时，自然而然地分享他对生活的理解和对人生的看法。整个书稿的架构方式和叙述方式都让人感觉精致新颖，别出心裁，眼前为之一亮。

我原以为作者是要写回忆录或者自传，原以为能看到一本精彩的故事书，后来才得知，作者的初衷是想用"记恩册"来命名这本书，想通过写作的方式记录那些曾经培养过、教育过、帮助过他的人的恩情，并以写作的方式来感激他们。这样的写作目的，恐怕是不多见的。一个曾经轰轰烈烈的人，写自己的人生经历，却不是以自己为主角，而是以感恩生活的情怀，以谦卑的态度来写，自然使这本书处处散发着感人的真善美。在"记恩篇"里，他讲述了自己一次下乡检查灾情，因喝醉酒跌落河堤受伤被一名基层干警营救的事，他是想记住恩情，却毫不顾忌将自己的错误也抖出来。我本来想劝他只写自己跌落受伤而被救，隐去检查灾情和喝酒。但我最终忍住没说出来，因为我知道他是不会同意的。他是一个较真的人，他不会这样投机取巧的。果然，在后面的"自我篇"里，他专门写了自己喝酒一事，还再次提起这件事，并道出很多我们不知道的故事。比如地委书记听说他因喝酒受伤没有参加灾情检查而大发雷霆，要求县委处分他。这是三十多年前的事了，他不写，又有几个人知道呢？大凡写自己经历的人，或多或少都有粉饰自己的倾向，所谓的回忆也常常是选择性的回忆，唯独杨世银就这么实在，就这样毫不留情地解剖自己。这样的例子还有很多，比如在《恨铁不成钢》一文里，他剖析自己当年非常讨厌干部请假，也不关心干部生活，干部说他是"只让马儿跑，不给马吃草"。他讲述了原农工部部长纪于民的故事，说他与自己正好相反，只要干部不舒服，就立刻要求其回家休息；一到农忙，就催促家在农村的干部回乡帮忙，而这些干部都能够积极工作。最后，杨世银悟出了一个道理：恨铁打铁都不能成钢，爱铁炼铁才能成钢。这些源自生活的感悟，才是最令人动容的。

经常写文章的人都知道，惊险的故事好写，重大题材也好写，唯独最平凡的小事不好写。写小事往往更需要耐心，更需要精雕细刻的功力，更需要有生活感悟的能力。杨世银搞了几十年党政工作，照说写文章不是他的强项，可正如作家向连才所说："大凡叱咤风云的人物都有自己的个性特点和精神世界，总是以平凡创造出不平凡……"生活中的杨世银是一个平凡的人，他从一个公社的放牛娃成长为中共十大代表，本身就创造了一个奇迹。在他七十岁高龄后，又用平实的语言创造出另一种不平凡来，因为在《巴山红叶》一书里，他所讲述的人和事，都闪耀着人性的光芒。一个人的人品决定了文章的品格，一个人心灵的重量决定了一本书的分量。这部《巴山红叶》所彰显的，正如他的为人一样正直、厚道、干练，朴实中透露出人性的光芒和生活的智慧。

特别值得一提的是，作者经历了计划经济和改革开放两个阶段，他既是那个时代的先进典型，又是改革开放中的实干家。他有着跌宕起伏的人生经历，曾从县委副书记的职位上跌落至公社书记，而后又从交通局局长到区长、区委书记；他为人正派，也曾遭遇排挤；他两袖清风，退居二线时竟然还买不起一套简陋的住房。他的经历是一种财富，使他的思想得到升华，内心更加丰富。一个人内心的格局越大，文章的分量越重。同时，他的经历也自然而然地折射到他的作品中，他所写的一些人和事带着很深的时代印记，有一定的史料价值。比如在"记恩篇"里，他详细讲述了原紫阳县委书记蔡俊卿能够乐观面对人生，在农村驯服了发疯的公牛，还学会了劁猪，成了远近闻名的劁猪匠的逸事。更多的是讲述了蔡书记对自己的帮助，比如批评自己工作不细致，帮自己改材料等，还解答自己之所以能够成为模范，是因为学习和传承了老书记的优良品德和作风的问题。我对他说，如果把这段写蔡俊卿的文字单独摘出来，加个《我所知道的蔡俊卿》的标题，就是一份很好的文史资料。作者称蔡俊卿为恩师，将他写出来，固然是为了记住恩情，但对我们这些读者来说，却多了"资政"和"育人"的作用，也使这本书有了传承历史的作用。

历史是需要被传承的，今天是从昨天演变发展而来的；历史不能被割断，只有了解过去，才能清醒地认识现在和科学地开创未来。杨世银把自己耳闻目睹的一些事情记录下来，供读者了解过去，了解这片我们深爱的土地上曾经发生的事情，传承艰苦奋斗的精神和地方历史。从这个意义上讲，杨世银和他的《巴山红叶》终将成为不老的传说。

根植在骨血里的文化自觉

我的老师徐新人先生的文集《我在汉江当纤夫》就要完成校对了，看到目录里那一篇篇熟悉的文章，我感慨万千。我是老师的铁杆粉丝，近年来老师的一些作品，无论是他写在QQ空间里的，还是发表在文学杂志上的，我都一一认真阅读过，很多文章不止读了一遍，还写了笔记。可是，真正坐下来写这篇文章的时候，我又难以下笔，千言万语不知从何说起。

徐新人老师一生从事教育工作，2014年退休。他是退休以后开始文学创作的。他刚开始写作的时候，我颇不以为然，认为一个人教了一辈子书，当了多年安康中学校长，教书时大多教的是理科，当校长是搞教育管理，恐怕理科思维、管理思维成了他的思维惯性，如今从事形象思维的创作恐怕有些困难。再说，他吹拉弹唱样样精通，兴趣爱好众多，唱紫阳民歌并不输于专业歌手，无论干什么都可以丰富退休生活，何必吃写作的苦?! 文学是以苦为乐、苦中作乐的事。辛苦一辈子了，应该找些轻松愉快的事做，唱唱歌、跳跳舞、遛遛鸟、旅旅游，似乎才对得住他辛劳的一生。

然而，他本人似乎并不感觉写作是多么辛苦的事情，写起来也丝毫不吃力，一篇接着一篇写，高产而且一写不可停止。比如他为我的散文集《岁月的回声》作序，我本来是给他留了一个多月时间，结果不到两天他就写好而且修改完善，几乎是一气呵成、倚马可待。《序》写得非常精彩，在网上火了一把。几年过后，有人向我求书，还说一定要那本徐新人作序的书。可见他的文字之魅力了。

徐老师虽然是理科出身，但他青少年时代是喜欢文科的；即使当校长时政务繁忙，他也经常抽时间读文学作品，甚至熬更守夜读小说。大量的阅读，造就了他词汇的丰富和表达准确的能力。他曾谦虚地说："我的文章没有什么文采。"实际上他的文章自有文采，流露的感情非常自然。他在《党日活动去芭蕉口》一文里写道："谁想历史名校却掩藏在大钟林沟腹之中，由极窄的沟口公路挤进去，行驶大约千余米，便见到错落有致的校园，校舍依山跨河而建，青山紧抱，别有洞天。"一个"挤"字非常传神地描绘了公路的窄，省掉了多少不必要的所谓有文采的描写，这样的文采才是有重量的文采。

写出好文章与文学创作不同，老师的散文写得好，这让我多少有些意外，因为散文易写难工，很多从事专业文学创作的人，写过大量的散文，但是真正能够称得上好作品的并不多。但他似乎有这样一种能力，一次旅行、一次活动、一件往事都能够写得非常精彩，给人以身临其境的感觉。这还不是最重要的，他的散文往往出人意料，承载着更丰富的内容，令人深思。《再走深磨路》写的是参加一次集体升学礼的见闻。这在目前新民风建设中是一种司空见惯的活动，好像也没有多少人写出新意来，而他在描写了升学礼的过程之后，笔锋一转，从参加出席升学礼大多是家长，而学生都外出打工这个现象说起，生发出"大山里的农家，经济来源十分有限；大山里的孩子，上学读书真是艰难！"的感悟。这种感悟里有一种深厚的情感，或许只有他这样教书育人一辈子的人，才能够自然地流露。《老表"如意"》一文，讲述了老表的生活历程，寻常之人，寻常之事，然而，他去老表家里做客，却发现了老表自编的几副对联，洞见了老表的心意，感悟"多年前让生活困顿得可怜巴巴的农村汉子，如今已是快乐知足的幸福老人了"。烘托出了改革开放以来，农村和农民生活的变化。这比任何空洞的说教更有感染力。格非说过："你的感悟、你的洞见，你对世界有没有看法，是非常重要的。一个对世界没有看法的作家，怎么训练也没有用。"而徐新人老师似乎天生就有这种感悟的能力、洞见的能力。他是一个喜欢思考并能正确思考的人，他的写作似乎根本不需要训练，平平淡淡地把自己的生活以及对生活的感悟写出来，就是好作品、上好作品。

老师写过一些往事，《我在汉江当纤夫》是其中最有名的一篇，写得非常大气、厚重，真实地再现了几十年前汉江航运的艰险，特别是放滩和拉纤的艰辛，非常细腻。他以一个中学生的视角来写，文章充满了探索发现的味道。《难忘当年求学路》写了他艰难的求学之路，折射出那个年代的印记，最重要的是文章充满了思考，这种对历史和人生的反思才能够使文章更加深刻和厚重。谢有顺讲："许多时候，散文的深来自体验之深、思想之深。写散文必须在最为习焉不察的地方，发现别人所不能发现的事实形态和意义形态。这或许正是散文的独特之处：一些看似平常的文字，其实蕴含着深邃的精神秘密。"老师的散文就是这样的，都是有感而发，绝不为作文而作文。正如他在《党日活动去芭蕉口》一文里所写"身之所历，心之所动"。现在一些人，特别是一些加入了这协会、那协会的人，今天这里去笔会，明天那里去采风，写出来的东西大抵就是些"我爱你呀，你爱我"之类，用词虽然华丽，却轻飘飘没有实在的东西。我常常想一个问题：有些人一辈子写不出名堂，有些人一生只偶尔写一篇就是佳作名篇，就值得研究和学习，这是为什么？我想这和一个人的悟性有关，更和阅历、做人有关。很多时候，散文背后站着一个人，这个人经历丰富、谈吐高雅、学识渊博，写出来的文章就厚重、大气，就非常有意义。一个人有真情和学识总是可以写出好的散文。看过老师的一些文章，也让我更深入地认识了老师，他经过很多事，特别是青少年时代经历了艰苦磨难，现在却能够乐观、豁达，这是怎样的一种精神境界。

《一九六八年暑期的旅行》我读了很多遍，写的是他有一次替父亲探亲，一个十四岁的少年一天走了一百八十里山路，让人惊叹，但更引起我关注的是："（外婆）告诫我说：'这个娃子小小年纪爱想事得很。爱想事不好哇，命苦！'"原来他从小就爱想事情，喜欢思考。好像周国平说过，一个人一旦喜欢思考，那是没有办法停止下来的。小时候他可能是担心这担心那，长大以后，结合他的知识，他所担心和思考的领域就更加宽泛了。老师当过十年市人大代表、六年市政协委员，思考的事远远超过了安康中学这样一所学校，也超出了教育这个行业。他的这本集子是有大量工作思考，也有退休以来参加一些社会活动的思考，《深磨，深磨！》就是散文式的调研报告。他的散文不仅放得开，还表现出深厚的家国情怀。老师其实退而未休，他至今担任安康市高新区的教育督学，为教育事业而奔忙；他还经常深入乡村工厂，参与社会实践，探索新知识，提出新见解，为新时代建设忙碌着。笛卡儿说："我思故我在。"他后来又说："我苦，故我在。"老师其实是思考了一生，辛苦了一生，故他是我们心中的偶像。

我从他的文章里，从他的身上，看到一种非常宝贵的品质，就是一种强烈的文化自觉。这是发自他内心深处的、根植于他骨血里的一种精神品质。当然，这种文化自觉的品质不止他一个人身上有，他那一代人，那些上山下乡当过知青，恢复高考后前几批大学生，那些把一生奉献给改革开放事业的人身上都有，只是程度不同而已。但像他这样奋笔疾书，著书立说，并力求广泛传播出去的，还真不多。

我想，这就可以解答他这几年为什么会不知疲倦地写文章，又为什么会专注地著书立说这一问题了。

点燃岁月的灯芯

张教志先生的作品集《山城岁月》就要问世了，这是他几十年生活和工作的一个回顾，也是他人生学思笃行的一大成果，可喜可贺。然而，随着他的书即将面世，我却十分焦虑。先生在写作本书时，曾嘱我作序，我受宠若惊，未敢表态。我一直认为序这种文字应该是老师写给学生、长者写给晚辈的鼓励性文字。我是他的学生，学生为老师作序好像有违常理。虽然先生一再说要创新，序言也可以写成批评性或探讨性文章，可我仍然踌躇难决。序是作品的广告。名人作序，可以引发读者竞相阅读，而我一个末学后进，普通草根，恐难担此重任。明代的思想家顾炎武说："人之患者好为人序。"我因此对写序一事非常敬畏。何况先生尚在县人大常委会主任任上，为他的作品作序，更有点攀龙附凤的嫌疑。但我也无法拒绝，师恩难报、师命难违！况且先生曾为我的处女作《天外的村落》作序，投桃报李，也是我们中华民族的传统。

我与先生颇有渊源：我们的父亲都是军人，母亲都是教师，有相同的家庭背景。我们住同一地方，是近邻。20世纪80年代前后，他住在县人武部院内，我住在县政府院内，两个大院并无严格的区分。不同的是他刻苦攻读，考取本县理科状元，成为那个年代天之骄子的时候，我还趴在地上撅着屁股弹玻璃球呢！不过，我很早就知道他。那时，县政府大院里流传着一个关于他的故事，说他为了考上大学，在阁楼上待了半年不下楼。我没有考证过这个故事是否真实，但这个故事是我们院里所有家长用于教育子女的经典教材。更有意思的是，那些年可能担心干部子女在社会上惹是生非，县综合治理办公室把院里所有干部子弟召集在一起进行思想政治学习。时任综合治理办公室副主任的辛玉怀一再要求大家学习张教志，学习他刻苦学习不出门的精神。当年那些受教育的"衙内"们虽然并没有几个人考上大学，但全部是遵纪守法的良民，参加工作后也都是各行业的骨干，可见榜样的力量是无穷的。后来他担任一中的数学教师，而教的第一批学生就有我。不过他教的那一堆堆数学公式，我早已还给了他。只是他在讲一种函数图象时，说这个函数图象很像17世纪德国人戴的帽子，并进一步说德国人设计这个帽子正是受了函数图象的启发。在数学课堂上，他语言生动，诙谐幽默，把枯燥的数学知识讲得颇具文采，这些都给我留下了深刻的印象。我不禁惊叹数学老师竟有如此想象力和丰富的文史知识！少壮功夫老始成，如今他写书出书是再自然不过的事了。因为住在同一个地方，他书中所写的少年时代的环境，那迷宫一样的老城，光滑的青石板小路，我再熟悉不过，是乡愁的源头，也是所有老紫阳人乡愁的共同源头。文中"东城门外，向左是一条叫'桥沟'的路，先下后上，拐来拐去通向紫阳中学，这条路我走了几十年。"这段文字中作者走过的桥沟，也正是我走了几十年的路，读着读着，往事袭上心头，一种共鸣感油然而生，许多感同身受的语言就喷薄而出，似乎不是为了完成作序的任务，而是有许多心里话要说出来。

先生在写作本书的过程中，曾向我读过几段，他谦虚地征求修改意见。那一刻我脑海里突然浮现出"笔则笔、删则删，子夏之徒不能赞一辞"的典故，孔子谦虚，常向子夏这样文字功夫好的弟子请教，但写《春秋》这本史书时，是不允许他们删改一句，也是不允许他们评论的。先生这本书，是回忆人生的，是我手写我心，其他人实在无法加入意见。我想我除了能帮忙搞搞校对，跑跑路，余下就只能带张嘴抽先生的烟、喝先生的酒了。可读过他的书稿后，才发现我可能是他最忠实和最好的读者。我是一字一句读、一字一句品味、一字一句反复咀嚼的。不仅是他的自述、文学作品，还有他收集于本书中的一些讲话和报告，如同他的自述和文学作品折射了岁月的更迭，他的讲话和报告也总有时代变迁的影子，甚至可以用于解读紫阳二十年来的社会变迁。

先生写这本书的目的很单纯，就是他自己诗中所写的"不经意又走到了这条路上，停下来，寻找往昔的石板。岁月说：走过的路，还是要常回头看看"。人近六十，再回首往事，虽然物是人非，在密密麻麻的高楼大厦中找不到记忆重叠的地方，然而一些事情总顽固地霸占他的记忆。拾炭也罢、捡柴也好，曾经困难的日子早已远去。他所记录的往事，不是注重事件本身，而是透过事件反映所历经的磨炼；他描绘少年时代的刻苦攻读，不是宣扬自己曾经的拼搏，而是弘扬青少年应努力学习的精神；他写了自己的挫折、困惑，以及经历挫折之后的思想变化；他写了曾经遇到的困难，但没有把困难写得难以战胜。无须讳言，现在有一些人，写过去，总是写得灰暗无比，好像不这么写，就不能证明自己曾经沧桑。殊不知否定历史，其实也就从根本上否定了现在。先生出生于新中国成立之初，成长于改革开放年代，从他的自述里，我们读出了时代的巨变。一个人的命运总是和一个国家、一个民族的命运息息相关。无论是谁，都不可能有游离于国家民族命运之外的命运。

在今天这样一个繁华喧嚣、生活富足，但精神和思想需要重新构建的年代，每个人都需要回顾人生，将视线投向过往踪迹的叩问中。无论人生是波澜壮阔，还是默默无闻，期望内心平静、灵魂有所安放，期望宏大深邃的思想提升单薄贫弱的精神，这可能是我们走向现代化过程中遇到的公共难题。这是一个缺少思想家的年代，多少人因为失去精神的根基成为漂泊的浮萍，而他却能够在政务倥偬中，以探索者的姿态，打下生活和精神的坚实地基，这不能不令人赞叹。

书中收录了他多年来发表的部分作品，无论他的职务如何变化，从教师到教务主任再从县委办副主任到县委办主任、县委宣传部部长、县人大常委会主任，他都没有停止过创作。他的大部分讲话、报告都是亲笔所写。没有人云亦云，没有官气十足，没有那种拿到哪都能用的空话、套话和官话。先在宣传部，后在县人大常委会两次和他共事的李谢军告诉我，张主任讲话形象生动，常常通过一些俗言俚语和记录身边的生活，揭示深刻的道理。这本书所收录的讲话、报告就有大量鲜活的例子。比如对于干部的学习教育工作，他提出：作为承担宣传教育工作的职能部门，要主动组织干部到乡镇、到部门进行宣讲，不能等客上门，要下乡送菜。（2010年3月18日在全县宣传思想工作会议上的讲话）讲到文化传承，他说："为什么我们不好好过一下自己的'七夕节'，而要过西方的'情人节'？花那么多钱买玫瑰，发那么多无聊的短信，传播爱情，究竟意义何在？我们不是一概而论外国的东西都不好，文化大融合，需要吸收精华的内容，为我所用。"（2011年2月18日在全县宣传思想工作会议上的讲话）在人大常委会主任的岗位上，针对监督实效，他提出："行使人大监督权、重大事项决定权和任免权，在工作定位上应该做到'不求说了算，只讲合力干'，在工作推动中'不下蹩脚棋，不设拦水坝'，力戒'坐而论道、评头论足、指手画脚'，力行'知行合一，和衷共济，共同担当'。"（2014年1月24日在紫阳县第十七届人民代表大会第三次会议上所做的常委会工作报告）这些形象生动的讲话和报告，曾让当时的干部耳目一新。

　　遗憾的是，我在1996年下海经商，没有听过他的讲话和报告。虽然此后十多年与先生没有交集，但是十分关注他的事；虽然他居庙堂之高，我处江湖之远，这中间的距离让我更能清楚地了解他的为人、为官和为文。因为我所听到的对他的评价更多是来自民间的：他是一个喜欢干事，能干事的人；他担任宣传部部长时，正是文化旅游刚刚兴起时，他主持出版"紫阳文化"丛书，统一协调各方联系出版社等相关事宜，为很多本土作者出书提供了机会；拍摄《郎在对门唱山歌》这部实名制电影，他更是整天泡在剧组，为剧本编创提出建设性意见，将自己家的和亲友家的沙发、电视等搬给剧组做道具，并亲力亲为参与电影拍摄、扮演剧中角色，这部电影将紫阳推向世界，他功不可没；他担任两届人大常委会党组书记、主任，任职期间实行副县长在人代会上做表态发言，对常委会任命的领导干部实行任前公开表态、满意度测评，把人大监督的政策真正落到实处。这些创新做法经各级媒体宣传，在民间广为传颂。可以说，他开创了紫阳县人大工作的新局面。他所做的事可以写成厚厚的一本书。

　　他在从政期间所做出的努力和成绩，其实都可以在本书中的一些讲话、报告和作品中得到印证。我是一个搞史志的人，习惯从这些讲话和报告中梳理紫阳县这二十多年来的发展历程。我非常推崇先生所说的一句话："不坐而论道，喜起而行之。"这是他从政的一个理念，也是他人生成功的密码。读回忆文章和读这些讲话、报告不同，回忆文章是一种追忆，是一种讲述，是间接的；而这些讲话和报告则是一种实证，是最直接的存照，如同一个人的足迹，屡履处处，每一步都留下了深深的脚印。

特别值得一提的是，全书无论记述自己的成长经历，还是从政历程，都朝气蓬勃，情真意切，传递着一种正能量。对党和国家充满热爱，对帮助过自己的亲朋好友充满感激之情。一本书写完了，他的思想更加升华，恰如他在《山》这首诗中写道："如今我已双鬓斑白，眼中的山，是山又不是山，心与山相通，满眼春色，生机盎然。"

帕斯卡说："给时光以生命，而不是给生命以时光。"先生即将离任、退休，他用笔来回忆、来书写岁月和人生，其实就是用自己的经历来充实自己的时光，而不是让生命随着时光而流逝。或许他出这本书，仅仅只是为了留下一份念想，然而，他不经意间点燃了岁月的灯芯，照亮了他的过去与未来，也同样照亮了我们脚下这片土地的过去与未来。作为读者，读这本书，留住一份乡愁，知道了同一片蓝天下，自己脚下这片土地上曾经发生过的一些事，会更加热爱自己的故乡。而作为他的学生，拉拉杂杂写下这篇文字，我只是讲一些心里话，如果可以称得上序言，那就勉为序吧！

2021年3月24日

人生最好的状态

——《风尘岁月》序

　　好友阿剑的著作《风尘岁月》即将出版，他请我为之作序，我非常乐意。这本书曾在我办的公众号"敬锦文"上连载，一连载就是大半年时间。我见证了本书诞生的过程，认真阅读了每一篇文章。可以说，《风尘岁月》的出版也是"敬锦文"公众号的光彩。当然，更重要的是，阿剑是我的朋友，很多经历与我相似，我们都曾经是游离于体制外的漂泊者，都闯过市场，搞过推销，在商海沉浮多年后，重新拿起笔，捡拾岁月的珠玑，写一些聊以自慰的文章。这是我第一次没有推辞，且十分渴望写的一篇序。不是好为人序，实在是有很多话想说。

　　我早在二十多年前就认识阿剑。不是因为写作，而是因为他推销酒。我那时也做推销，不过与他相比就是小巫见大巫。我销售的是地方产品，他销售的是品牌酒。那时他在这个行业里就称得上大腕了。我一直认为营销这活不是人干的，而是人才干的，所以自然对搞营销的人很崇拜，视之为楷模。

　　阿剑本来是国企职工，下岗后漂泊在外，经历过离异，经历过种种艰难困苦，在酒类销售上独树一帜，几乎跑遍了全国。可能是因为紫阳人家乡观念太重、野心太小，销售做好了，本可以大展宏图，如美国经济大萧条时，很多推销员后来成为大公司的总裁、著名的经理人。而他最终还是老老实实回老家做一个普通人。我常常感觉写作的人，或者搞文学创作的人基本上都是做不了官、发不了财的一类人。

　　20世纪90年代国企改革，阿剑下岗。下岗后就不再是体制内的人了，此后一无固定收入，二无组织依靠，成了一个被边缘化的人。寒江孤影，漂泊江湖，既要谋生，又要立业，可再苦再累也要坚强。真的像刘欢唱的那首歌《从头再来》，"看成败人生豪迈，只不过是从头再来"。20世纪60年代出生的人都有一个共性：他们经历了80年代文学繁荣的时期，因此热爱文学。同时又经历了90年代的市场大潮，熬过了一个缺少写作激情的年代。没有写作激情的年代，人心浮躁，所有的热情和激情都奔着人民币去了，很少有人能够安静地写作，即使不得不写的人，也大多依靠"度娘"复制粘贴。就像农田里，滴下的汗少了，农药和化肥的味道重了，收获的味道也大不如从前了。

然而阿剑是特立独行的。经商也好，打工也罢，无论怎样奔波劳碌，遭遇怎样的世态炎凉，都没有稀释他写作的激情。他在经商之余写下一篇又一篇文章，记录了人生过往和所思所想。他的文字十分朴实，甚至有点笨拙。所写所记，看起来是在写自己的人生经历，但不是自传，不是写个人传奇，不是写一己情感之抒发、尺水兴波，而是把目光投向复杂的现实，投向社会变革的大潮。他的视角很宽泛，涵盖漂泊中所遇到的各色人等，老家的邻居、一同在外打工的同乡、卖酒的女郎，甚至坐台的小姐，全是普通人、小人物，各自忙碌各自的营生。而当这些小人物一一跃然纸上的时候，一个时代的剪影就清楚地闯进了我们的视野，带给我们震撼和沉重的思考。小人物并不小，他们身上永远闪耀着人性的光辉，而他们的经历往往是一个时代的缩影。阿剑写作本书，没有编造故事。没有夸大，也没有缩小，他卖力地发掘实事，收集信息，采用非虚构的方式进行创作。对所有的记录，他有思考，无褒贬，无论是对或者错，他只是客观地记录。以他个人的观察和立场为主，不以官方的，或者他人的立场为立场。因此我认为，他的这部书不是纪实文学，不是报告文学，而是一种非虚构写作。阿剑没有虚构，而是努力还原生活，虽然生活远不如小说那样充满戏剧性，然而生活自有令人着迷的地方。

阿剑在本书中，除了写相遇的朋友，写朋友的故事，也混合了历史背景、人文地理和风土人情。因为搞营销，他去过很多地方，透过他的描述，让我们跟着旅游了一番。他对自己业务的介绍，让我们真正了解了酒这个行业和酒文化。他的个人感受，写作的指向也是对朋友们日常生活的描写和理解，记录来自一个复杂世界的信息。他不刻意去追求叙事的完整性，不强求话语表达的公共性，也不推崇意旨的宏大性，但是以非常明确的主观介入性姿态，以自己的视角直接写出对事件的感受，这都是可圈可点的。当然，本书不可避免地留有遗憾，感觉阿剑在写作上还没有放开，很多地方写得拘谨，有些犹抱琵琶半遮面。例如对风尘女子的讲述，对风月场的描写都特别小心，似乎害怕读者会认为作者本人不够正经，其实大可不必，并不是经常光顾歌舞厅的人就道德败坏。我个人认为，写作的人只要从内心出发就好，只要内心真诚，完全可以放开写。当然，由于他所写的都是周边的人，如同当代人写当代史，顾忌自然多了点，似乎也不应该过于苛刻地要求他。何况哪一种艺术又没有遗憾呢。

一个业余作者，激情使然，将自己的人生过往随手涂鸦一番，竟能镌刻山河，雕镂人心，奉献给读者原汁原味的生活。很多时候，我都感觉阿剑不是用笔写，他写的是半生经历，可以说是用半生的实践在写，半生的心血在写！他把自己放入社会变革大潮的背景中，写自己和朋友们是怎么样生活，怎么样在艰难困苦中挣扎，怎么样在社会浪潮中拼搏，从而挖掘出他们内在的精神，这又是一件不容易却令人着迷的努力。人是属于社会的，任何一个人的命运总是不能脱离社会大潮，社会大潮才是主宰人的命运的根本所系。

我特别感动的是，阿剑的创作为我解答了一个长期思考的问题：人生的意义何在？一个人怎样活才会有意义，才是人生最好的状态？很多人穷其一生在追求人生的意义，可是他们不明白的是人本来只是一个躯壳、一副臭皮囊，人生也只是一个平台，自身毫无意义。人生的意义不是某个躲在草丛后的东西，只要你略微搜索就会找到；也不是一块你可以找到的宝石，而是一首等待被吟诵出来的诗，一首等待被唱出来的歌，一支等待被跳出来的舞蹈。只有当你创造出它时，你才会发现它。生命是有创造意义的机会的，阿剑把握了它，于是创造了属于自己的人生意义。阿剑是一个特立独行者，他把平凡的生活记录下来，在平常的表象下挖掘了普通人的精神世界，为我们雕刻了一个个普通人的雕像；阿剑是个独立思考的人，他用所思所想、用文字构建出一个精神世界，为我们认识过往的岁月提供了帮助，也为自己的人生创造出意义。对阿剑来讲，岁月艰辛，寒来暑往，轻飘飘地一抬头，就已过了半生。然而半生之后，达到了最理想的人生状态。

　　年轻时下岗"一夜回到解放前"，背井离乡去创业，阿剑风尘仆仆地前行，跑遍了大江南北。鬓角染上风霜，眼角刻入笑纹，享受过晴天朗日，经历过雨打风吹，然而他依然自带阳光，乐观向上。从其人其书上，我发现生命最好的状态，就是像阿剑这样，出走半生，还能波澜不惊，从容不迫。人生的意义也就是无论生活如何繁杂，世态何等薄凉，人生经过了多少千辛万苦，到老还能书写诗情画意的文章，还能安静地创作，从而创造出一个人的人生意义。《风尘岁月》讲述了一个个普通人的故事，是普通人真实的生活写照。本书即将付梓，无须我多作评说，相信读者会在披阅之际，随阿剑的笔，和他一起重新回到过去的岁月中，找回我们曾经最熟悉的生活，同时走进卖酒的阿剑与写文章的阿剑重叠起来的阿剑的内心世界。愿阿剑今后的人生和写作依然波澜不惊，从从容容。一切都好！

　　是为序。

2021年11月26日

三十年初心成大道

12月9日，是安康市残联博爱医院建院三十周年，以及创始人魏代金从医五十周年"双庆"之日。我和魏代金是表兄弟，我的祖母魏德英是他的姑婆。父亲老家在紫阳县洞河街，而表哥家在紫阳一中坎下，父亲为了方便上学，住在他们家读完中学。"双庆"之际，表哥的儿子魏龙江、女儿魏龙艳编撰了《奋进足迹》一书，纪念他们的父母亲艰辛创业建院三十周年，鞭策自己，激励员工爱院敬业。表侄女、表侄这么重视企业文化建设，我自然义不容辞，乐于为本书作序。

过去几十年里，表哥夫妇历尽艰难创办精神病医院，填补了安康地区精神卫生专科医疗的空白，被誉为"造福于社会的创举"。他本人多次获评"陕西省助残与康复工作先进个人""陕西省精神卫生杰出贡献奖"。早年间，他就被全国唯象中医学研究会邹伟俊会长选聘为唯象中医精神病学研究所所长，是从事唯象中医精神病学研究的著名专家学者。为这样一位重量级的人物作序，虽是一种荣耀，但多少感到力不从心，特别是书中收录大量表哥发表的学术论文，我这个外行看不懂，也道不明。然而作为血脉之亲的表弟，又从小就见证了他曲折人生和艰苦奋斗历程，见证了他创下骄人业绩，在这个喜庆之时，我不能缺席，也不能不说点、写点什么。

说是作序，也不免要唠唠家常。我父亲是20世纪50年代当兵转业到新疆工作的。我出生在新疆，十二岁前一直生活在新疆，没有回过老家。在老家所有的亲戚中，我是最先认识代金表哥的。记得那还是在20世纪70年代，他也在新疆当兵，是某团卫生队文书和班长。我至今

189

记得他一身戎装与到部队探亲的陈永兰表嫂一块儿来我家的情景。据说当年表嫂到部队探亲，住了两个多月，一直等到表哥退伍，随运送复原退伍人员的列车一块儿回家。他们结婚，是表哥退伍前两年的事，是在表哥十五天探亲假期间，因为当时提倡晚婚而不敢声张，好多亲朋邻里都不知道他们结婚的消息。表哥结婚没几天就返回部队，把还是新娘子的表嫂撂在了家里，两年都没见过面。后来表嫂到部队探亲在新疆怀了儿子，所以"龙江"即"隆疆"，就是"魏龙江"名字的来历，是有纪念表嫂新疆之行意义的，也寄托了"兴隆新疆"的愿望。这当然是题外之话，是家常逸事。

表哥夫妇从独山子部队驻地到和丰县我家，当时是要办理边防通行证的。父亲在县法院工作，亲自持县革委会和武装部的证明，到他部队找到首长，办好了转业手续，本想把他们夫妇留在新疆，安排到一个盐场卫生所当医生。母亲还为他们安排了房间，给表嫂买了一两套新疆御寒过冬的衣服，置办了小家庭用的家具。最终可能确因不适应新疆生活而没有留下来。后来我们全家也回到了紫阳老家，因单位住房小，所有家具物件也都寄放在他家里。那时候，我年龄尚小，很少和他交流，除逢年过节，也很少看到他。后来知道他在乡镇卫生院工作，还被调到设在蒿坪的县卫校任教员，好像特别忙。少年时代对他的印象，一是他特别敬业，二是他特别爱学习，三是他特别重视亲情友情，亲戚朋友的红白喜事总有他忙碌的身影。而立之年，他申请自费外出勤工俭学进修临床精神医学三年，那是举家外出离乡背井的学习。说是自费进修，实则是"偷师学艺"，靠自己悟性，没有工资来源，等于给别人医院打工，获取只有每月一百多元的生活补助。对这件事，亲友们都很不理解，一个乡镇卫生院院长，怎么说生活也能过吧，完全没有必要这么折腾呀！后来得知有一件事，一直让他内心不安，他在农村看到一些精神病患者给家庭和社会带来很大的麻烦，却无法得到医治，他很想做这方面的工作。学成回乡后，他就创办了精神康复医院，收治精神病人。那时候总感觉我这个表哥很能折腾。不过年轻人对于一个敢下海、敢第一个吃螃蟹的人总是很佩服的。佩服归佩服，那时我并不认为表哥做了有多大意义的事。后来我们院子里的一个精神病人也被送到他那儿治疗，才隐约感觉表哥创办精神康复医院是一件大善事、大好事。那个病人经常和我打架，动不动用砖头砸我，有两次砖头从我头上飞过，非常危险。据说精神病人打了人不负法律责任，而我不敢打他，即使把他摁在地上也不敢动手。有一段时间，我每次见到他总是千方百计地躲，很是不安。表哥收治了他，我也安全了。现在想一想，一个家庭有个精神病人，一家人不得安宁；一个院子里有个精神病人，一个院子不得安宁；一个社区有个精神病人，一个社区不得安宁。表哥创办的精神康复医院确实为社会安宁和谐做了很大的贡献。

创办精神康复医院并不是一帆风顺的，是需要冒着生命健康的风险，提心吊胆，小心翼翼地经营。缺资金，他卖掉了祖产；少技术，他刻苦攻读；无人脉，他到处磕头作揖，寻求理解和支持。创业之初，他真的是如临深渊、如履薄冰。一个住院的精神病人发病时跳楼摔断了腿，他只得掏钱给治疗。还有一个患者隐匿病史，造成了医疗事故。他一面给别人赔着笑脸，一面要忍受家属的无理取闹、肆意打砸医院，这还不够，死者的干部家属还逼迫他敲锣打鼓送埋上山。由于裙带关系复杂，他无法讲道理，甚至在县委门口被撕扯、被殴打。记得干了一辈子法律工作的父亲当年对我讲："你表哥让社会安宁了，可他自己不得安宁了。"最后无奈将为母亲精心制作的寿材卖掉，给病亡患者安葬。还有经营上的艰难，当时人们很穷，不少的精神病人被送来住院就没人管了，更不用说付医疗费了，经常有住院患者被滞留医院。每年都有好多万的欠费收不回来成为呆账，资金周转困难，经营惨淡。无论怎样艰难，表哥和表嫂都挺了过来，还发展壮大到现在有三百名员工、一千张床位的专科医院的规模。

如今，魏龙江、魏龙艳两兄妹从表哥手上接过了医院，秉承表哥的办院理念，把医院经营得风生水起，除传统精神病治疗外，业务和经营范围进一步拓展到具有中西医内科、中医科、疼痛科、医学影像、检验科等设备完善的临床医疗康复护理及老年人、残疾人康养一体化的社区服务领域。医院不断发展壮大，这真是可喜可贺的事。

魏龙江、魏龙艳两兄妹都是从西安交通大学临床医学本科毕业的。魏龙江曾参加县组织人事部门的统一招考，被录取为卫生系统干部，可鉴于父亲年事已高，不得不辞掉公职接续了父亲的事业。他接手汉阴分院和托养中心后，就大刀阔斧地盖起了面积达七千平方米的住院大楼和三千平方米的办公楼。旧貌换新颜，住院大楼成了汉阴县杨家坝具有地标性的建筑；他又按照父亲关于"医养康复—工疗福利—劳动就业—回归社会"的工作模式和学术思想，流转租赁数百亩土地，创办精神残疾人康复工疗站和农场，创办康复劳动就业服务的硕正公司；他致力于打通最后一公里，实现他父亲所规划的精神康复的愿景，建成有一百二十张床位的紫阳县特困失能老年护理中心；购买紫阳金星花炮厂全部房产土地，成立了硒康医养公司；在紫阳西关市场购置一千多平方米的商品房，成立了紫阳县颐和康养社区服务中心，承担县城老年照料、医疗看护、居家养老、集中餐饮的社会服务。特别值得一提的是，龙江表侄更有明确方向，重视加强党支部建设，提出"党组织引领发展老年康养新模式"的工作方针，经过五年努力，获得中共陕西省委组织部授予的"五星级党组织"荣誉称号，这在全市所有医疗机构中是唯一的。真是"长江后浪推前浪，一代更比一代强"。

创业难，守业更难，最好的守业是创业，最美的姿态是拼搏。我的表侄儿和表侄女，从小跟着表哥颠沛流离，是在表哥创业过程中成长起来的，他们对父母创业的艰辛记忆犹新。同时他们都受过良好的教育，有能力比父辈做得更好。然而，他们的下一代或下下一代，则是含着金钥匙出生，在蜜罐里长大的，如何在前辈打下的"江山"里有所作为，是他们无法绕开的命题。从这个意义上讲，侄儿侄女编撰这本书是富有远见的，也是注重医院文化建设的体现。一个企业走过三十年历程，对表哥来讲，是三十年初心成大道，八千里路云和月，是功成名就，是花环和掌声；而对于他的子孙后代来讲，则是"万里江山千钧担，守业更比创业难"，是时候总结表哥所走过的路，总结三十年来成功的经验和教训了。

本书在这方面总结得很到位，如"一直以来，父亲总是孜孜不倦地学习新的知识。"表哥是个爱学习并且善于学习的人。在过去三十年里，有两件事给我留下了深刻印象：一是20世纪80年代中期，他在乡镇医院当院长时，我去看他，发现他在学习古文，我很不以为然，说你一个医生，学古文干啥？他告诉我，医生更要学古文，特别是要学好医古文，不然很难读懂《黄帝内经》《伤寒》之类的古籍和中医基础理论。他参加卫生工作后，曾拜著名老中医吕良臣为师学习。在师父的指导下，天麻麻亮他就同师门兄弟一块儿在洄水湾大沙坝默默地背诵古籍经典和药性汤头。他为了增强记忆力，曾在洄水目连桥上的联沟大乌潭边承受瀑布的巨大声响，以作为适应排除学习干扰的锻炼。据同行医生和当年参加阅卷的老师说，他在1983年全省职称晋升统一考试中获得92.5分，是全县中医内科医师成绩第一名。由于历史原因，他未能接受医学院校的系统教育，但他通过跟师、培训、函授、临床进修等方式自学成才，通过了省级高级职称评审需要的论文著作等硬性要求，取得副主任医师的专业技术职称。二是十年前我到汉阴县看望他，他用很先进的摄像机记录我们在汉阴的活动，他对我讲，一个人要不断学习最新的技术才不至于落伍。实际上正是由于他孜孜不倦地学习，才能建立起自己的学术思想。一个企业领导人的思想理念，是企业最大的软实力。这可能是表哥创办医院从无到有、从小到大的原因之一吧。

再如，书中写道："在父亲创业三十年的奋斗历程中，坚持贯彻医疗卫生是社会公益事业，始终把社会效益和公益服务放在第一位。"我想这一点非常重要，就是表哥的初心。表哥是一个富有家国情怀的人，家国情怀融入他的血脉之中。他之所以选择了从医，选择创办收治特殊患者的精神病医院，就是看到山区群众精神病就医难，是急他人所急，急政府所急。他心系民生，始终把治病救人视为神圣的职责。在三十年的经营中，他减免了贫困患者上千万元的医疗费用。

他所坚持的医院发展理念，与党和政府一贯提倡引导的社会事业发展的政策方向是一致的，是一个企业、一项事业不断进取的精神支柱与灵魂。

《奋进足迹》一书，记录了表哥魏代金夫妇历经三十年的奋进足迹，以及他所从事的专业学术思想，是一本充满激情与励志的好书，是一本值得企业家们创业、专业技术人员学习参考的读物，也是传承艰苦奋斗精神不可多得的好教材。全书以生活中非常熟悉而平凡鲜活的真人实事，以润物细无声的方式告诉读者：选准方向、持之以恒、艰苦奋斗，生活自然会给你答案和惊喜。

2021年12月28日

《岚皋紫阳卢氏宗谱》序

　　《岚皋紫阳卢氏宗谱》经过五年编撰，即将付梓。编委会主任卢青嘱我作序，我既"欣然而喜"，又"惶然而愧"。卢氏是一个久负盛名的家族，魏晋南北朝时已成名门望族，历代文人武将多如星辰，特别是卢家的爱国情怀为世人敬仰：明代大破日军的将领卢镗；抗清英雄卢象升；抗日战争时组织"宜昌大撤退"，保全我国工业人才和机械设备的爱国商人卢作孚；在紫阳、岚皋两县组织抗日义勇军联队出陕抗日的爱国将领卢楚衡均彪炳史册。岚皋紫阳卢氏迁陕二百多年，在大巴山中开枝散叶，虽人才辈出，声名远播，却一直没有较为完整的家谱，引为憾事。首次修谱，即告成功，可喜可贺。邀我作序，也令我欣喜。家谱之序，与其他序言不同。其他书籍可以有序，也可无序。而家谱的序言因承载信息量大，为谱牒重要组成部分。不仅必须有，而且会在以后历次修谱时辑录，千古流传。我一末学后进，得此重托，不胜荣幸，也惶惶然，生怕才疏学浅，难以担当，下笔慎之又慎。

　　岚皋紫阳卢氏望出范阳，祖籍武昌府鄂城县金牛镇马乡浮桥村（今湖北大冶金牛镇占湾村）。清朝中叶，清政府实施"湖广填四川"大规模移民，陕南实行"招徕流徙，尽辟荒芜，生聚繁衍""轻徭薄赋，相与休息"政策，大力吸引湖广移民。岚皋紫阳卢氏先祖就是在这次移民中奉"皇诏"迁移到陕南。迁陕始祖卢道昭、卢道熙两弟兄，约于清乾隆年间携家入陕。兄长在岚皋县定居，弟在紫阳县定居，中间相隔一条洞河，两家隔河相望。不久，三弟亦接踵而至，迁入岚皋县。武昌卢氏在洞河流域经过二百余年的繁衍，从"道"字派始，现已衍传至"言"

字派，约有三百余户，一千余人。民国二十八年（1939），卢氏由族长卢哲尧主持，家族众人集资在岚皋县堰门乡堰门村修建武昌移民卢氏祠堂。祠堂坐北朝南，两厅两进，四水归堂，中间一大天井，雕梁画栋，十分壮观，显现出卢氏家族的繁荣与富足。从清代陕南大开发，到21世纪脱贫攻坚，卢氏家族都做出重大贡献。

我对迁陕卢氏的了解，始于对卢楚衡的研究。卢楚衡是紫阳著名的历史人物，早年在西北军搞兵运，1935年在紫阳建立"爱国志士"组织，后组建抗日义勇军联队。除卢楚衡外，卢绰风、卢在金等五十多名卢氏子弟参加了这支抗日队伍出陕抗日。卢氏家族的爱国精神和家国情怀给我留下了深刻印象，特别是他们远离湖北老家，散居大巴山腹地，看似与外界隔绝，被家族遗忘，但家族文化依然代代相传，生生不息。不仅卢氏男子多豪杰，卢家女子也巾帼不让须眉，卢氏"哲"字辈七姑娘与安康流水青年谢俊坤订婚，谢俊坤不幸病故，七姑娘仍然嫁进谢家，矢志守节，替他赡养父母。家住岚皋雁门的"本"字辈的卢本秀，结婚三天丈夫龚仕怙奔赴前线，牺牲于抗日战场，卢本秀千里扶柩将丈夫接回老家安葬。可以说她们是那个时代杰出的道德模范。

洞河流域流传一则民谣："曹家的翎子、卢家的女子、单家的坎子、陈家的房子、张家的院子、左家的磨子、舒家的骡子。"这就是洞河七子，指清朝、民国时期洞河流域曹、卢、单、陈、张、左、舒七大旺族最具代表性的事物，卢家的女子当然指卢家姑娘脱俗出众，品德为世人所赞誉。这样一个以"家国情怀"闻名的家族，更应该修好家谱，传承家国情怀和中华民族传统美德。湖北老家的卢氏宗亲也非常关心这支迁陕卢氏，几十年来多次派人前来联系，讨论修谱。血脉之亲，传递世间温情，不敢忘怀。

2017年，七十高龄的卢青，远在新疆的卢修文，现在北京的企业家卢斌（世界华商协会副主席），一直居住本地的卢修财等人发起倡议、编撰迁陕武昌卢氏支脉《岚皋紫阳卢氏宗谱》。随后成立编委会，拟订实施方案，募集资金，着手编撰。族人纷纷响应，出钱出力，并不遗余力共募集资金三十万元。修谱同时，重修祖坟，更加体现出慎终追远、尊祖敬宗、叙昭穆、分长幼的修谱宗旨。

首次修谱，在参照老家旧谱体例结构的同时，与时俱进，女儿入谱与男丁同等地位，每一世均有女子排头，详细记录人丁信息。这是一种创新，既体现了新时代男女平等，也符合计划生育政策执行后人类自身发展的实际，为本谱增添了色彩。

卢氏族人深感一个家族要有自己的家谱，就好像一个国家应该有自己的历史，一个地方应该有自己的方志一样。国有史，方有志，家有谱，是我们中华文化一大特点。历史记录下氏族、国家、人类的繁衍生息过程。家庭是家族的细胞，家族是社会的细胞，一个个家族繁衍、迁徙、生息的历史构成了一个民族、一个国家的发展史。中国人重视饮水思源，不忘祖宗先人。千百年来，人们把祖宗的世系和事迹记录下来传给子孙，以此证明家族的存在，延续家族的血脉。从这个意义上讲，有了家谱，寻根问祖不再艰难，而寻到了根就寻到了一切！修谱也是一个家族自强自立的表现。

《岚皋紫阳卢氏宗谱》的编撰、付梓，是卢氏族人团结协作，鼎力相助的结晶，其过程增进了各个家庭的了解和信任，促进家庭间的互帮互助；了解家族的历史，提升了族人的自豪感和凝聚力；规范族人行为，更好服务社会，是一种文化自觉的行为，是非常令人钦佩的。这部家谱反映现实巨变，颂扬传统美德，诉说悠远记忆，雕印生活坦途。既追寻沧桑根源，又描绘兴盛繁衍。

祝愿卢氏家族兴旺发达！

壬寅年初冬张斌敬撰

后　记

我把这本集子定名为《层叠的印象》，是希望这本书能够折射出生活的丰富多样与复杂性，那些层层叠叠的印象以及我对生活认识和理解上的层层叠叠。

我之前所出版的两本散文集，大多是以文史散文为主，这和我的工作有关。我是一个搞史志的人，青灯黄卷、田野调查是我的生活常态，每每有所收获、有所思考，便写成文字。这些文字史的味道重，文的味道轻，因此，当别人称我为作家的时候，我都很不自在，脸发烫，感觉名不副实。这几年，我努力去写生活性的散文。虽然做起来有些难，正如鲁迅先生所言："使惯了刀的，这会让他使棍，能行吗？"但是，我必须勇敢地迈出这一步。因为文学真正的意义在于揭示生活的本质。越是生活的东西，越接地气；离人们越近，越能够体现出写作的价值。天道酬勤，从开始写第一篇《谁应该感恩谁》，一发不可收，陆续写出《祖父从档案中爬起来》《老徐帮我修志》《微信上的温馨》等，于是这本集子就有了雏形，我也坚定不移地写了下去。

能够坚定地写下去，还有一个原因，就是因为我知道自己已过了50周岁，这个年龄是成熟的标志，但也是一个令人胆寒的年龄。我仿佛听到了死神的脚步，看到了漫天的黄沙要将我埋葬。虽然我的身体很好，但蓦然惊觉，已是离天远、离地近了，用老家的俗话讲，我已是"黄土埋了半截"的人了。然而，我有一肚子话要写，似乎刚刚找到写作的法门，因此我必须抓紧时间。孔子说："朝闻道，夕死可矣"，对这句话，我年轻的时候总是不能接受，感觉朝闻道，夕死可惜！一个人早上才明白道理，晚上就死掉了，那不是太不值得了吗？

后来我才明白，这本是一句内涵丰富的名言。这句话应该理解为早晨明白了"道"，就立即按"道"去做，即使晚上为它而死也死而无憾。这样理解才符合儒家"知行合一"的理念。我凭字面，想当然地理解，不仅不严谨，也让自己的生活索然无味，滋生了一些浮躁。我必须写下去，哪怕是慢慢写，哪怕是一天只写千字，甚至五百字也行，只要能完成这本《层叠的印象》，写出我生活的复杂性，写出我对生活的感悟就好。一个人过了五十岁，如果还写不出对后代有益的文字，就写作而言，是失败的。

本书原计划过两年再出版，但很多朋友一直在催，一些读者也时时询问：新书什么时候出版？这无形的鞭策，让我下定了决心。正好我女儿因为疫情滞留在家，我叮嘱她帮我收集整理一下这几年发表在各类报刊上的散文，于是就诞生了这本书。完成这本书，我对"一饮一啄，莫非前定"又有了新的理解。这不仅仅是佛家的因果思想，还有庄子的逍遥与顺其自然。"文章本天成，妙手偶得之"，写文章是这样的，其实出书又何尝不是这样？作者和他的书总是有缘分的。"缘"是他的生活经历，而"分"则是他坚持写作。即便没有写出理想的水平，但毕竟写出来了，还是顺其自然地写出来了，不造作、不无病呻吟、不急功近利，这就足够了。

本书在最后定稿时，对于是否收录《〈岁月的回声〉后记》，我踌躇了很久，这篇文章是八年前写的，文中表达的是我写散文的主张："我写散文，一开始就刻意回避那种生活性的写作。我没有依赖个人人生阅历和精神矿藏写传统意义上的抒情散文，没有陷入抒发个人情感、尺水兴波，而是把目光投入地方历史长河中，虽然没有做到'铁肩担道义，妙手著文章'，但我写的也绝不是针头线脑的琐事，更不是花前月下的个人情事，如果那样写，写作的视野不够开阔，文章的境界不够深远，个人的思想也不够深刻，自然也没有办法去追求先贤们那种'穷尽宇宙人生'的理想境界。"这番表述与本书的内容不符，甚至很矛盾，我担心读者会认为我是一个不诚实的人，对理想信念不够坚定。思虑再三，我还是决定将其收录，因为一个作者是不断成长的，后来的思想发生一些变化也是正常的。不得不说散文更属于日常生活，一个人能够在有限的生命中留存个人记忆、家族历史和时代信息实属不易。散文书写的是时光的流转，个体经验独特的发现，社会的变迁。本书虽然是写生活、写小事、写个人经历，但也绝不是抒发一己情感、尺水兴波，小事往往能见大。从主张不写小事、琐碎的事到专门写小事、个人的事，我的这种思想变化似乎也符合哲学上的辩证法原理。比如在西安的地面坐上飞机，在乌鲁木齐又下到地面，同样是地面，但此地已不是彼地。

照例要写些感谢的话，一本书的出版总是在许多人的关心和帮助下完成的。一本书和一朵花、一株草、一棵树是一样的，总是需要适当的阳光、空气和水分。感恩之心需要时时铭记，但感谢之类的话就不多说了，我是一个实在的人，只会用实际行动来感谢，正如我能写，却并不善言。

2022 年元月 22 日于紫阳